Gruusel & Co
DER CLUB

Paul van Loon,
geboren 1955, ist in den Niederlanden der große Star der Kinderliteratur und hat sich nach inzwischen zehn Vampirbüchern auch als Vampirologe einen Namen gemacht. Seine Bücher, die er meistens nachts in einer Dachkammer auf dem Speicher schreibt, wurden mehrfach ausgezeichnet und bisher in zehn Sprachen übersetzt.

Jack Didden,
geboren 1952, ist ebenfalls passionierter Vampirologe, außerdem Englischlehrer und ein guter Freund Paul van Loons. Er schrieb mehrere historische Romane und interessiert sich darüber hinaus für Sciencefiction, Fantasy und Grusel.

Camila Fialkowski,
geboren 1950, ist auch eine alte Freundin Paul van Loons. Seit 1988 illustriert sie Kinder- und Jugendbücher und hat sich im Laufe der Zeit auf Grusel spezialisiert.

Paul van Loon/ Jack Didden

DAS VAMPIRHANDBUCH

Aus dem Niederländischen
von Eva und Hans-Jürgen Schweikart

Mit Bildern
von Camila Fialkowski

Arena

Der Titel der Originalausgabe lautet »Vampierhandboek« und ist bei
Elzenga, Amsterdam, erschienen.

In neuer Rechtschreibung

1. Auflage 1998

Übersetzung: Eva und Hans-Jürgen Schweikart
Umschlag- und Innenillustrationen: Camila Fialkowski
Gesamtherstellung: Westermann Druck Zwickau GmbH
ISBN 3-401-048872

INHALT

EINLEITUNG 7

1. GESCHICHTE DER VAMPIRE 11

2. DER VAMPIR IM WANDEL DER ZEIT 21

3. DER VAMPIR UND SEINE FAMILIE 27

4. WORAN MAN DEN VAMPIR ERKENNT 49

5. WIE MAN EIN VAMPIR WIRD 60

6. WIE MAN EINEN VAMPIR TÖTET 67

7. DIE AUSRÜSTUNG DES VAMPIRJÄGERS 75

8. ZWEI BLUTRÜNSTIGE GESTALTEN 81

9. DIE VAMPIRFLEDERMAUS 88

10. DIE KLASSISCHEN VAMPIRBÜCHER 94

11. STOKERS NACHFOLGER 109

12. DER VAMPIR IM COMIC 121

13. DER VAMPIR IN FILM UND FERNSEHEN 125

14. VAMPIR ZU KAUFEN 150

15. DER VAMPIR IN DER ZEITUNG 165

16. VAMPIRFANS UND -ZEITSCHRIFTEN 171

17. VAMPIRBÜCHER FÜR KINDER
UND JUGENDLICHE 180

LANGE NACH MITTERNACHT 185

QUELLENVERZEICHNIS 187

REGISTER 189

EINLEITUNG

Zweifellos interessierst du, lieber Leser, dich für Vampire, sonst hättest du dieses Buch nicht zur Hand genommen und aufgeschlagen. Falls es ein Versehen war, dann leg das Buch lieber wieder weg, denn es geht darin ausschließlich um Blut saugende Kreaturen. Von denjenigen, die dafür nichts übrig haben, verabschieden wir uns hiermit.

Vor rund hundert Jahren, nämlich 1897, veröffentlichte Bram Stoker seinen Roman *Dracula* – die Geschichte des berühmtesten Vampirs aller Zeiten. Der alte Graf Dracula darf auf dieses Jubiläum stolz sein und wir gratulieren ihm von Herzen dazu. Der Roman *Dracula* ist ein Jahrhundert lang immer wieder neu aufgelegt worden und gehört zu den meistverkauften Büchern der Welt. Nicht nur der Vampir, auch das Buch über ihn scheint unsterblich zu sein.
Über Vampire ist vieles bekannt, aber ebenso vieles ist rätselhaft. Vampire leben nicht, sind aber auch nicht tot. Man bezeichnet sie deshalb als Untote. Das untote Leben des Vampirs währt ewig und sein Durst nach Blut ist unstillbar. Das weiß jeder. Aber woher kommt der Vampir eigentlich? Gibt es ihn wirklich oder ist er ein Mythos, also nur eine legendäre, ausgedachte Gestalt? Und lassen sich diese Fragen überhaupt beantworten? Eines steht fest: Der Vampir ist aus unserer Zeit nicht mehr wegzudenken. Er ist ein Begriff geworden, genauso wie zum Beispiel Elvis Presley. Bei diesem Namen sieht fast jeder einen Sänger mit Schmalztolle vor

sich. Und hört man das Wort Vampir, dann stellt man sich eine düstere, in ein schwarzes Cape gehüllte Gestalt mit langen Eckzähnen vor. Der Unterschied besteht darin, dass Elvis Presley tot ist und der Vampir untot. Elvis trat gern im weißen Cape auf, Dracula im schwarzen. (Auffallend ist übrigens, dass Elvis Presley angeblich immer wieder irgendwo in Amerika gesichtet wird, obwohl er tot ist. Oder sollte er etwa auch . . .?)

So ist es nicht verwunderlich, dass man dem Vampir überall begegnet. In erster Linie natürlich in Büchern und auf der Kinoleinwand. Immer wieder aufs Neue tritt er uns quicklebendig entgegen. Er ist einfach nicht totzukriegen, weil wir selbst ihn am Leben erhalten. Über tausend Bücher und Filme sind inzwischen über den Vampir veröffentlicht worden. Doch man trifft ihn auch an Orten, an denen man ihn gemeinhin nicht vermutet. Zum Beispiel in Spielwarenläden, auf MTV oder in Hamburger-Restaurants. Es gibt Vampirfanclubs, spezielle Vampirzeitschriften, Vampirkartenspiele, Vampirspiele für den Computer.
Im Mai 1996 wurde in Rumänien ein dreitägiger Dracula-Kongress abgehalten, bei dem Experten sich über das Phänomen Dracula austauschten. Ein Jahr später fand im Brüsseler Comicmuseum eine Ausstellung über den Vampir im Comic statt.
Und weil Vampire mit der Zeit gehen, findet man sie heute natürlich auch im Internet.

Das *Vampirhandbuch* soll eine Übersicht über all die Gebiete geben, in denen der Blutsauger sich festgebissen hat.
Im Grunde genommen gibt es zwei Sorten Vampire. Da ist zunächst der Vampir aus den Volkslegenden, die im fünfzehnten und sechzehnten Jahrhundert vor allem in Mittel- und Osteuropa die

Runde machten. Dieser Vampir war eine grobschlächtige Gestalt mit allenfalls ein paar verrotteten Zahnstümpfen im Mund. Nach Sonnenuntergang trieb er sich auf Bauernhöfen herum, wo er noch lebende Familienmitglieder oder Bekannte angriff.
Der Volkslegenden-Vampir ähnelt in keiner Weise dem adligen, mysteriösen, manchmal sogar charmanten Vampir, den wir aus Filmen und Büchern kennen. Letzterer ist für die Gruselkunst – das heißt, für die Phantasie, die uns Zugang zur Anderen Wirklichkeit gewährt – natürlich viel interessanter.
Im neunzehnten Jahrhundert erschienen die ersten Geschichten, in denen der Vampir als Edelmann auftrat, und mit der Zeit entwickelte er sich zu einer Figur, die sozusagen das Böse in Luxusverpackung verkörperte. Einige Jahre lang waren Vampire ungeheuer »in«. Man zeigte damals eigens Theaterstücke für Zuschauer, die sich einen Abend lang gruseln wollten. Dennoch war der Vampir gegen Ende des neunzehnten Jahrhunderts ein wenig ausgeblutet.

Bis Bram Stoker im Jahr 1897 seinen Roman *Dracula* veröffentlichte. Er war fünfzig Jahre alt, als er das Buch schrieb. *Dracula* war unmittelbar erfolgreich und wurde zu Stokers Lebzeiten achtmal neu aufgelegt. Doch Reichtum brachte das Buch seinem Verfasser nicht. Der große Erfolg kam erst später, als die Geschichte 1931 mit Bela Lugosi in der Hauptrolle verfilmt wurde. Ab diesem Zeitpunkt gab es kein Halten mehr. Immer wieder kamen neue Filme heraus, neue Bücher erschienen und der muntere Blutsauger wurde eine immer größere Berühmtheit.
Man kann getrost behaupten, dass der Vampir dank des Mediums Film aus seinem Grab gestiegen und unsterblich geworden ist. Und es sieht so aus, als würden wir ihn noch lange nicht los. Dieses Buch

ist der Beweis dafür. Nachdem du es gelesen hast, ist dir der erste Preis in einem Gruselquiz so gut wie sicher. Du bist dann ein echter Vampirkenner und kannst sogar Vampirjäger werden, wenn du willst.
Viel Erfolg für die nächsten hundert Jahre wünschen wir Dracula und Konsorten.
Und dir, lieber Leser, wünschen wir nach der Lektüre dieses Buches eine angenehme Nachtruhe. Schließe die Fenster und leg Knoblauch und Kruzifix in Reichweite. Die Vampire sind mitten unter uns. Lass sie nicht herein!

Paul van Loon & Jack Didden

1. GESCHICHTE DER VAMPIRE

»In Deutschland ist die Auffassung weit verbreitet, dass einzelne Menschen nach ihrem Tod im Grabe ihre Kiefer bewegen und alles in ihrer Nähe zerstören, ja, dass man sie sogar wie Schweine mit dumpfem Grunzen und Schmatzen kauen hören könne.«

Aus: *Die Vampire Ungarns und benachbarter Länder* (1855) von dem französischen Benediktinerabt Dom Augustin Calmet

Stell dir vor, du bist der Sohn oder die Tochter eines Bauern und wohnst auf einem abgelegenen Hof. Es ist Nacht und du kannst nicht schlafen. Weit weg, hinter den Bergen, hörst du Wölfe heulen. Die Wachhunde werden unruhig und schlagen an. Du steigst aus dem Bett und gehst ans Fenster. Was ist los? Warum bellen die Hunde? Da siehst du im Mondlicht, dass jemand über den Hof kommt, mit mühsamen, schleppenden Schritten. Eine grobknochige, plumpe Gestalt, in Lumpen gekleidet. Irgendwie kommt dir der nächtliche Besucher bekannt vor. Er steuert auf das Fenster zu und du siehst sein Gesicht. Rot, aufgequollen, unrasiert. Zwischen seinen Lippen sind zwei, drei gelbe Zahnstümpfe sichtbar. Der Mann streckt den Arm nach dir aus – und da erkennst du ihn. Es ist Onkel Iwan. Dein Problem: Onkel Iwan wurde vor drei Monaten begraben . . .

■ VOLKSGLAUBE

So ungefähr ging es im fünfzehnten Jahrhundert zu, als nach dem Volksglauben in Mittel- und Osteuropa Vampire nichts anderes waren als wandelnde Leichen, die nach Sonnenuntergang Familienmitglieder oder Freunde angriffen, um ihnen das Blut auszusaugen. Doch der Glaube an Vampire ist weit älter. Um den Ursprung von Dracula und Konsorten zu ergründen, müssen wir viele Jahrhunderte in der Zeit zurückgehen.

■ VAMPIRE IM ALTERTUM

Der Glaube an Vampire existiert überall auf der Welt. In dem Buch *Dracula* von Bram Stoker sagt der Vampirjäger Abraham van Helsing: *»Denn, glauben Sie mir, man kannte ihn (= den Vampir)* *überall dort, wo Menschen lebten; also im alten Griechenland, im alten Rom; es gab ihn in Deutschland, Frankreich, Indien ... selbst in China ...«*

BLUT Blut ist für den Menschen lebenswichtig. Ohne Blut gibt es kein Leben, das wussten bereits die Urmenschen. Wenn jemand verblutete, floss das Leben sozusagen durch die Wunde aus seinem Körper heraus. Blut galt auch als wirkungsvolle Opfergabe, um Götter und Geister gnädig zu stimmen. Nach Möglichkeit aber nicht das eigene Blut. Im Lauf der Jahrhunderte wurden zu Ehren von Göttern und Geistern unzählige Ziegen, Hühner und Schafe geschlachtet. Ihr Blut brachte man zu den Opferstätten.

ODYSSEUS Blut trinkende Geister werden bereits in Homers *Odyssee* beschrieben, einem Epos aus dem achten Jahrhundert vor unserer Zeitrechnung. Der griechische Held Odysseus opfert Schafe und sammelt ihr Blut in einem Gefäß, um damit die Geister Verstorbener zu beschwören. Nachdem die Geister das Blut getrunken haben, bekommen sie für eine gewisse Zeit ihre Lebenskraft und -energie zurück. Gleiches gilt für einen Vampir, wenn er Blut trinkt.

LAMIA Auch Blut saugende Göttinnen machten den alten Griechen vor über zweitausend Jahren zu schaffen. Die Lamia zum Beispiel war ein Furcht erregender weiblicher Dämon mit Flügeln. Sie tötete Kinder und saugte ihnen das Blut aus. Wehe dem, der versehentlich eine Lamia als Kindermädchen einstellte!

STRIGES Im alten Griechenland gab es noch weitere geflügelte Blutsauger. Die Striges waren eine Art Vampirhexen in Krähengestalt, die das Blut neugeborener Kinder tranken. Aber auch erwachsenen Männern, die sie im Schlaf überraschten, saugten sie das Blut und damit alle Energie aus.

TONSCHERBEN Der Vampir ist uralt. Wie alt genau, lässt sich nicht in Erfahrung bringen; niemand weiß es. Bei Ausgrabungen in Persien (dem heutigen Iran) und Babylonien (heute: Irak) fand man Abbildungen von Blut saugenden Wesen sogar auf viertausend Jahre alten Tonscherben.

SEELE Die Assyrer mussten sich vor über fünftausend Jahren vor Ekimmu hüten. Es handelte sich dabei um den Geist eines Verstorbenen, eine ruhelos umherschweifende Seele, die ihre Opfer in Stücke riss.

BLUTRÜNSTIGE KÖNIGIN Vor noch längerer Zeit jagte die grausame Lilith den Babyloniern Angst und Schrecken ein. Als Blut saugendes übernatürliches Wesen bevorzugte auch sie Kleinkinder und Babys. Hebräischen (jüdischen) Überlieferungen zufolge war Lilith die erste Frau Adams. Sie verließ ihn und wurde Königin der Dämonen und bösen Geister.

VAMPIRGÖTTIN In Indien kannte man Furcht erregende, blutrünstige Gottheiten. Die bekannteste ist Kali. Bereits sechshundert Jahre vor unserer Zeitrechnung wurde dieses Wesen mit seinen scharfen Eckzähnen in Handschriften namentlich erwähnt. Als Göttin der Krankheit, des Krieges und des Todes wurde Kali sowohl geliebt wie auch gefürchtet. Um sie gnädig zu stimmen, brachte man ihr Blutopfer dar (meist Ziegen). Blut ging ihr über alles. In einem Kampf tötete sie den Dämon Raktavija mit einem Speer und trank sein Blut. Vielleicht kennst du Kali aus dem Film *Indiana Jones und der Tempel des Todes* (1984).

ÜBERNATÜRLICH Alle diese Blutsauger aus dem Altertum haben mit dem Vampir, wie wir ihn heute kennen, wenig gemeinsam. Sie waren übernatürliche Wesen, Götter, Geister oder Dämonen, aber keine Untoten. Allerdings waren sie genauso gesundheitsschädlich wie moderne Vampire.

■ MITTELALTER

BLUT SAUGENDE LEICHEN Im elften Jahrhundert kursierten in Europa Geschichten über Tote, die man außerhalb ihrer Gräber gefunden hatte und die offenbar aus eigener Kraft ihre Särge verlassen hatten. In einem Buch aus dem Jahr 1818, dem *Dictionnaire Infernal* (= Das teuflische Wörterbuch) berichtet der Franzose Jacques Albin Simon de Plancy über solche Vorkommnisse.

ENGLAND In England wurden im zwölften Jahrhundert ähnliche Fälle von Mönchen beschrieben, die ihre Aufzeichnungen meist in lateinischer Sprache vornahmen. In dem Werk *Historia Rerum Anglicarum* (= Geschichte Englands), das im Jahr 1196 von William of Newburgh verfasst wurde, standen allerhand Geschichten über Tote, die ihre Gräber verlassen hatten und auf die Suche nach Blut gingen. Diese lebenden Toten wurden als »cadaver sanguisugus« (Blut saugende Leichen) bezeichnet, da man keinen anderen Namen für sie hatte. Den Begriff Vampir kannte man damals noch nicht. Bemerkenswerterweise wurde in Großbritannien als erstem Land Europas das Phänomen des Vampirismus beschrieben. Vielleicht ist es deshalb nicht allzu verwunderlich, dass die bedeutendsten Filme über Dracula in den 1950er- und 1960er-Jahren in England entstanden (siehe Kapitel 13, DER VAMPIR IN FILM UND FERNSEHEN).

FRAGEN Woher kamen aber nun die Geschichten über Blut saugende Leichen? Konnten Tote einfach aus ihren Gräbern aufstehen und warum glaubten die Menschen, dass solche Dinge vorkamen? Denn umherwandernde blutrünstige Leichen sind schließlich etwas ganz anderes als die Blut trinkenden Göttinnen aus der Antike.

SEUCHEN Im vierzehnten und fünfzehnten Jahrhundert wüteten immer wieder schlimme Infektionskrankheiten wie Cholera und Pest in Europa. Menschen, die daran erkrankten, magerten ab. Sie sahen so ausgemergelt und bleich aus, dass man sie ohne weiteres für lebende Leichen halten konnte.

LEBENDIG BEGRABEN Menschen, die an Infektionskrankheiten starben, wurden möglichst schnell begraben. Manchmal zu schnell.
Die Ärzte waren damals nicht so gut ausgebildet wie heute. Deshalb konnte es vorkommen, dass sie Menschen für tot erklärten, obwohl diese noch lebten.
Um festzustellen, ob jemand tot war, hielt man ihm einen Spiegel oder eine Feder vor den Mund. Wenn der Spiegel nicht beschlug bzw. die Feder sich nicht bewegte, ging man davon aus, dass der Betreffende tot war, und begrub ihn sofort. Eine recht zweifelhafte Methode. Menschen, die sich beim Erwachen in einem Sarg eingesperrt fanden, gerieten in Panik und versuchten sich zu befreien, wobei sie sich oft blutig kratzten.

RUFE AUS DEM GRAB Manchmal hörten Friedhofsbesucher seltsame Geräusche aus den Gräbern: Klopfen und rufende Stimmen. Sie glaubten, die Toten seien wieder lebendig geworden, denn wer einmal in seinem Grab lag, musste schließlich tot sein. Daher verspürten sie wenig Lust herauszufinden, was es mit den Geräuschen auf sich hatte.

FRISCHES BLUT Wenn Wochen später das Grab geöffnet wurde, fand man die Leiche voller frischer Blutflecken vor. Man schloss daraus, dass der Verstorbene ein Vampir war und das Blut von seinen Opfern stammen musste. Man schlug ihm einen Holzpflock durchs Herz oder trennte ihm den Kopf ab. Damit war der »lebende Tote« von seinem Leiden erlöst.

■ VAMPIR = BLUTSAUGER

Das Wort Vampir ist slawischen (osteuropäischen) Ursprungs und bedeutet so viel wie Blutsauger.
In Osteuropa und den Balkanländern war der Vampir im vierzehnten Jahrhundert allgemein bekannt, wenngleich man unterschiedliche Bezeichnungen für ihn hatte: »Strigoi« in Rumänien, »Upyr« oder »Upier« in Russland, Polen und der früheren Tschechoslowakei, »Vrykolakas« in Griechenland, »Vokudlak« in Serbien und »Nachzehrer« in Deutschland (siehe Kapitel 3, DER VAMPIR UND SEINE FAMILIE).

■ DER OSTEUROPÄISCHE VAMPIR

Der osteuropäische Vampir verfügte nicht – wie sein Nachfolger in späterer Zeit – über ein blendend weißes Gebiss mit eindrucksvol-

len Eckzähnen, sondern musste sich mit brüchigen oder faulen Zahnstümpfen behelfen. Keine idealen Beißwerkzeuge also, wird der heutige Vampir denken.
Der osteuropäische Vampir biss seine Opfer nicht in den Hals, sondern vorzugsweise in die Brust, in Höhe des Herzens. Oft setzte er sich zuerst auf den Brustkorb und presste so alle Atemluft aus dem Körper. Wenn er seinem Opfer das Blut ausgesaugt hatte, wurde auch dieses ein Vampir. Da der osteuropäische Vampir hauptsächlich Familienmitglieder angriff, lebten die Verwandten eines Verstorbenen in der ständigen Angst, der Tote könnte als Vampir zurückkehren. Um sich gegen solch unliebsamen Besuch zu schützen, behängten sie Fenster und Türen mit Knoblauch und wilden Rosen.

FESTGENAGELT Damit die toten Onkel und Tanten nicht aus ihren Gräbern stiegen, nagelte man sie vor der Beerdigung mit einem Holzpflock am Sargboden fest. Auch schlug man Verstorbenen mitunter den Kopf ab und streute Sand zwischen Kopf und Rumpf oder legte den Kopf zwischen die Beine. Falls der Tote dennoch als Vampir aus dem Grab steigen sollte, würde er wie ein kopfloses Huhn herumirren.

VERKEHRT HERUM Eine andere Methode, mit der man verhindern wollte, dass ein Toter als Vampir sein Grab verließ, bestand darin, dass man ihn umgekehrt begrub, d. h. mit dem Gesicht nach unten. Wenn der Vampir versuchte ins Freie zu gelangen, musste er sich durch die ganze Erdkugel graben und würde schließlich in China herauskommen.

■ VAMPIRWELLE

Im fünfzehnten Jahrhundert und danach lebte der Glaube an Vampire immer dann auf, wenn Seuchen ausbrachen. Eine wahre Vampirwelle entstand zu Beginn des achtzehnten Jahrhunderts. Damals begann man sogar offiziell Vampirforschung zu betreiben. Aus dieser Zeit existieren Berichte, in denen zwei Vampire namentlich genannt werden.

PLOGOJOWITZ Peter Plogojowitz war ein ungarischer Bauer, der nach seinem Tod im Jahr 1725 als Vampir zurückgekehrt sein soll. Angeblich tötete er in dem kleinen Dorf Kisolova zehn Menschen. Man öffnete sein Grab und durchbohrte ihn mit einem Holzpflock, um seinem Treiben ein Ende zu machen.

PAOLE Arnold Paole, ein österreichischer Soldat, starb 1727, als er in dem serbischen Dorf Meduegna bei Belgrad von einem Heuwagen stürzte. Einen Monat nach seinem Tod berichteten mehrere Dorfbewohner ihn gesehen zu haben. Zu seinen Lebzeiten behauptete Paole während eines Kriegseinsatzes in Griechenland von einem Vampir gebissen worden zu sein. Obwohl er den Vampir getötet hatte, war er der Überzeugung, dass für den Rest seines Lebens ein Fluch auf ihm laste. Paole, dem angeblich die Hälfte der Bewohner seines Heimatdorfs zum Opfer fiel, wurde ausgegraben. Im Sarg fand man seine Leiche, an deren Lippen frisches Blut klebte. Als man ihm einen Holzpflock ins Herz schlug, stieß er einen grässlichen Schrei aus und aus seinem Mund quoll eine Blutfontäne. Die Menschen, von denen man glaubte, Paole hätte sie gebissen, wurden nach ihrem Tod ebenfalls mit einem Holzpflock durchbohrt. Das Leben als Untoter war damals wahrlich kein Vergnügen!

■ DER »OFFIZIELLE« VAMPIR

Handelte es sich bei Plogojowitz und Paole nun um echte Vampire? Diejenigen, die sie ausgruben und »endgültig« töteten, waren jedenfalls felsenfest davon überzeugt.
Wichtig sind diese beiden Fälle vor allem deshalb, weil in den Berichten, die Heeresoffiziere darüber verfassten, erstmals der Begriff »Vampir« offiziell benutzt wurde. Dies war im Jahr 1732 und die Berichte wurden in ganz Europa veröffentlicht.
Auf diese Weise wurde der Vampir in allen europäischen Ländern bekannt. Zwar hatte man in jedem Land unterschiedliche Namen für ihn, doch gemeint war stets ein und dasselbe Blut saugende Wesen.

MYTHOS? Geschichten über Vampire gibt es also schon seit vielen Jahrhunderten. Ist der Vampir nun eine reine Sagengestalt? Oder gründet der Mythos auf tatsächlichen Begebenheiten und der echte Vampir lacht sich heimlich ins Fäustchen? Denn wenn alle glauben, dass es ihn nicht wirklich gibt, kann er sich in Sicherheit wiegen und sogar ungestört all die vielen Bücher lesen, die über ihn geschrieben wurden. Anschließend kann er sich im Kino einen schönen Vampirfilm ansehen und dabei in aller Ruhe im dunklen Saal ein appetitliches Opfer auswählen.

2. DER VAMPIR IM WANDEL DER ZEIT

»Um die Wahrheit zu sagen: Ich war mir über meine Empfindungen für die schöne Fremde nicht im Klaren. Ich fühlte mich zwar zu ihr hingezogen, wie sie es nannte, gleichzeitig aber war ich irgendwie abgestoßen.«

Aus: *Carmilla* (1872) von Joseph Sheridan Le Fanu

Stell dir vor, du bist eine adlige Dame und lebst im achtzehnten Jahrhundert. Du stehst in deinem Schloss am Fenster und spähst in die Dunkelheit hinaus. Dein Herz klopft wild vor Aufregung. Wie ist die Nacht doch romantisch! In das nächstgelegene Schloss ist nämlich ein neuer Nachbar eingezogen, ein Graf mit untadeligen Manieren, ein hoch gewachsener, attraktiver Mann. Erst ein einziges Mal bist du ihm begegnet, doch du hast dich auf den ersten Blick in ihn verliebt. Von dem Fremden geht eine geheimnisvolle Anziehungskraft aus. Und heute Abend kommt er zu Besuch, weil du ihn auf ein Glas Wein eingeladen hast. Damit du gut aussiehst, hast du dein bestes Abendkleid angezogen.

Wo bleibt er nur?, denkst du, während du erwartungsvoll den Mond betrachtest. In der Ferne heult ein Wolf. Heute Abend klingt dir sein Geheul aus irgendeinem Grund wie Musik in den Ohren. Zu deinem Schrecken kommt plötzlich Nebel auf. Nebel, der dein ausgedehntes Landgut vollkommen einhüllt und sich an die Fensterscheiben legt.

Hoffentlich verirrt sich der Nachbar nicht, denkst du, hoffentlich kommt er!

In diesem Augenblick taucht jemand aus dem Nebel auf. Er ist es. Endlich! Du machst das Fenster weit auf. Er steigt herein. Wie verzaubert siehst du sein schwarz glänzendes Cape, das schöne, bleiche Gesicht und die blutroten Lippen. Und was für wunderbare Augen er hat! Stahlblau sind sie, und als er dich anschaut, werden sie tiefrot. Merkwürdig . . . aber das ist jetzt egal. Du willst, dass er dich in seine Arme schließt, dass er dich küsst. Und genau das tut er. Ein herrliches Gefühl, du bist überglücklich . . . bis du zwei schmerzhafte Stiche am Hals spürst und zu schreien beginnst. Aber da ist es bereits zu spät . . .

■ SCHRIFTSTELLER

Vampirgeschichten existierten anfangs als Volkslegenden, die mündlich weitergegeben wurden. Später begannen auch Schriftsteller sich mit dem Vampir zu befassen. Dabei griffen sie Elemente aus den Volkslegenden auf, entwickelten aber auch neue Ideen über die Untoten und verarbeiteten diese in Romanen und Theaterstücken. So ist es zum Beispiel eine Erfindung von Bram Stoker, dass Vampire keinen Schatten haben.

GOETHE Sogar der berühmte Schriftsteller und Dichter Johann Wolfgang von Goethe wagte sich an ein Vampirgedicht: *Die Braut von Korinth* (1797). Es geht darin um ein Mädchen, das an Liebeskummer stirbt und als Vampir zurückkehrt:

Aus dem Grabe werd ich ausgetrieben
Noch zu suchen das vermisste Gut
Noch den schon verlornen Mann zu lieben
Und noch zu saugen seines Herzens Blut.
(Fragment)

Kein Zweifel: Sie will ihn beißen und leer saugen. Echte Vampirliebe!

POLIDORI Die wichtigste Veränderung, die der Vampir erlebte, war seine Wandlung vom plumpen Tölpel zum Adligen, die auf John Polidoris Erzählung *Der Vampyr* aus dem Jahr 1819 zurückgeht (siehe Kapitel 10). Als Vorbild für die Hauptfigur der Erzählung, den Vampir Lord Ruthven, diente Polidoris Freund, der Dichter Lord Byron. Damit war der Vampir offiziell in den Adelsstand erhoben. Die Idee wurde später von Bram Stoker aufgegriffen, als er aus Dracula einen Vampirgrafen machte und damit für alle Zeiten das Bild des Vampirs prägte: eine mysteriöse, eindrucksvolle Gestalt mit einem Cape. Stoker stattete Dracula noch mit weiteren neuen Eigenschaften aus. Sein Vampir war bleich, während die Vorgänger (die Vampire aus den Volkslegenden) meist unrasierte rote Köpfe hatten (siehe Kapitel 10).

VON ADEL Im Lauf des achtzehnten und neunzehnten Jahrhunderts entstand allmählich das Bild des Vampirs, das wir heute kennen. Vampire waren nunmehr von adliger Herkunft und lebten in abgelegenen, düsteren Schlössern, wo sie ihre Särge in unterirdischen Gewölben versteckten. Sie hatten ein hervorragendes Gebiss – mit vielleicht etwas zu weit hervorragenden Eckzähnen – und viele junge Damen verliebten sich unsterblich in sie.

MIT CAPE Bei der Uraufführung von *Dracula* im Jahr 1924 trat der Vampir erstmals in seinem berühmten Kostüm vor das Publikum: mit Cape und schickem Abendanzug. Dies hatte sich der Dramatiker Hamilton Dean ausgedacht, der die erste Bühnenversion von *Dracula* verfasste. Dean stand selbst mehrfach als Dracula auf der Bühne. Ein Cape und einen adretten Anzug trug auch Bela Lugosi 1931 im ersten Dracula-Film (siehe Kapitel 13). Und bei diesem Outfit blieben nach ihm Jahrzehnte lang auch andere Vampirdarsteller.

ECKZÄHNE Dass ein Vampir lange, scharfe Eckzähne hat, ist allgemein bekannt. Die Eckzähne sind sozusagen sein Markenzeichen. Doch erst im zwanzigsten Jahrhundert zeigte er sie. Davor war zwar die Rede von »scharfen Zähnen«, aber welche es waren, alle oder nur die zwei vorderen Schneidezähne (wie in dem Film

Nosferatu – Eine Symphonie des Grauens von 1922, in dem der Vampir Graf Orlok zwei lange »Hasenzähne« hat), war nie ganz klar. Und sogar in Bram Stokers Roman *Dracula* wird nur gesagt, dass der Graf scharfe Zähne habe.

THEATER Auf der Bühne traten bereits um die Wende zum zwanzigsten Jahrhundert Vampirdarsteller aus praktischen Gründen mit langen Eckzähnen auf. Mit großen Schneidezähnen oder einem Mund voller scharfer Zähne hätten sie nur mühsam sprechen können und sich womöglich aus Versehen die Zunge abgebissen.

FILM Im Film waren die Eckzähne des Vampirs erstmals in einer relativ unbekannten mexikanischen Produktion von 1957 zu sehen: *El Ataud del Vampiro* (= Der Sarg des Vampirs). Ein Jahr später, 1958, konnte man im ersten englischen Dracula-Film Christopher Lee mit einem täuschend echten, Furcht einflößenden Gebiss mit Blut triefenden Eckzähnen bewundern. Seitdem sind die Eckzähne das wohl bekannteste Kennzeichen des Vampirs.

■ VOM GLATZKÖPFIGEN SCHEUSAL ZUM PUNKER

In *Nosferatu – Eine Symphonie des Grauens*, einem der allerersten Vampirfilme, ist der Vampir (gespielt von Max Schreck) ein hässlicher, kahlköpfiger Bursche, der seinen »Verwandten« aus den Volkslegenden gleicht (siehe Kapitel 13, DER VAMPIR IN FILM UND FERNSEHEN). Danach jedoch, in den Dracula-Filmen mit Bela Lugosi aus den 1930er-Jahren, tritt er als Graf auf. Damals fielen sogar manche Damen im Kinosaal in Ohnmacht, wenn Lugosi auf der Leinwand erschien. Sie waren, was Gruselfilme betrifft, noch nicht sehr abgehärtet. In den Dracula-Filmen der 1950er- und 1960er-Jahre stellte Christopher Lee den Vampir als eine Art menschliches Raubtier dar. Und in Filmproduktionen der 1980er- und 1990er-Jahre schließlich begegnet uns der Vampir im modernen Outfit: strubbelige Haare, Lederjacke und Cowboystiefel, nichts ist ihm zu abgedreht. In dem Film *The Lost Boys* (= Verlorene Jungen, 1987) sind die Vampire Punker, die auf Motorrädern durch die Gegend düsen.

NACHBARN Innerhalb einiger Jahrhunderte durchlief der Vampir eine erstaunliche Entwicklung: vom plumpen Bauern zum Edelmann und schließlich zum Filmstar. Gegen Ende des zwanzigsten Jahrhunderts legt er immer häufiger sein Cape ab und ist somit nicht mehr auf Anhieb zu erkennen. In dem Film *Die rabenschwarze Nacht* (1985) entpuppt sich der freundliche neue Nachbar als uralter Vampir. Heutzutage könnten sogar der Milchmann oder deine Ballettlehrerin Vampire sein. Behalte sie sicherheitshalber scharf im Auge!

■ FÜRST DER FINSTERNIS

Trotz all dieser Entwicklungen und Neuerungen bleibt Dracula der ungekrönte König der Vampire oder besser: der »Fürst der Finsternis«, wie sein Beiname lautet. Über ihn wurden die meisten Filme gedreht und die meisten Bücher geschrieben.

SYNONYM Für viele Menschen ist der Name Dracula zum Synonym, also zum bedeutungsgleichen Wort, für Vampir geworden. Wenn sie von einem Vampir sprechen, sagen sie »ein Dracula«. In dieser Hinsicht kann Dracula also vertrauensvoll dem einundzwanzigsten Jahrhundert entgegensehen.

Im Dorf angekommen, verrichtete der Dhampir bizarre Rituale, pfiff merkwürdige Weisen, rannte wie ein Verrückter im Kreis herum, zog sich aus und benutzte seine Ärmel als Fernrohr. Seinen nachfolgenden Ringkampf mit dem unsichtbaren Feind zog er als spektakuläre Vorstellung auf. Wenn alle Umstehenden genügend beeindruckt waren, erklärte der Dhampir mit dramatischem Tonfall, nun sei der gefürchtete Vampir vernichtet.

Dass solche Dinge geschahen, ist nicht allzu lange her. Noch 1959 fand im Bezirk Kosovo eine derartige Zeremonie statt.

Dennoch war das Leben eines Dhampirs nicht unbedingt ein Vergnügen, denn Dhampire haben keine Knochen, sondern bestehen – ähnlich wie Quallen – aus einer Art Gelee, was bedeutet, dass sie nicht sehr alt werden können.

ANDERE VAMPIRE Außer dem Dhampir kennt man in Serbien noch vier weitere Vampirarten. Da wären zunächst der Kresnik und der Kudlak, zwei Vampire, die stets zusammen vorkommen.

KRESNIK Der Kresnik weist eine Besonderheit auf: Er ist einer der wenigen »guten« Vampire auf der Welt. Ein Vampir also, vor dem man sich nicht zu fürchten braucht.

KUDLAK Der Kudlak ist ein normaler (sprich böser) Vampir. In jedem serbischen Dorf hatte man früher einen Kresnik und einen Kudlak. Der Kresnik verkörperte das Gute, der Kudlak das Böse.

Gab es eine Missernte oder starb jemand unverhofft, dann war dies stets die Schuld des Kudlak. Er und der Kresnik lagen fortwährend miteinander im Streit, wobei sie meist in Tiergestalt auftraten. Sahen die Dorfbewohner zum Beispiel, wie zwei Pferde aufeinander

losgingen, dann wussten sie, dass der Kresnik und der Kudlak wieder einmal einen Kampf auf Leben und Tod ausfochten.
Wie konnten die Bauern aber nun den Guten und den Bösen voneinander unterscheiden? Das war einfach: Der Kresnik war immer weiß und der Kudlak schwarz. Die zwei Erzfeinde erschienen nicht nur als Pferde, sondern mitunter auch als Ochsen oder Schweine, als Tiere also, die man in ländlicher Umgebung antrifft. Weil der Kresnik das Gute verkörperte, siegte er immer.

PIJAVICA Sehr gefürchtet ist der Pijavica, ein äußerst aggressiver serbischer Vampir. Wenn jemand in seinem Leben mehrere Verbrechen begangen hat, wird er garantiert ein Pijavica. Einen solchen Vampir kann man nur unschädlich machen, indem man ihm den Kopf abschlägt und diesen im Sarg zwischen seine Beine legt.

VUKODLAK In Serbien schweift nachts auch der Vukodlak umher. Ein Vukodlak ist Vampir und Werwolf zugleich. Auf dem Balkan dachte man früher, dass Werwölfe nach ihrem Tod als Vampire zurückkehren. Manche dieser Überlieferungen vermischten sich miteinander und so entstanden Legenden über ein Wesen, das abwechselnd als Vampir und als Werwolf auftritt.
Ein stressiges Dasein, wenn du mich fragst! Tagsüber Schafe verschlingen und nachts hinter Opfern herjagen, und dies in einem Land, in dem eine wahrhaft mörderische Konkurrenz unter den verschiedenen Vampiren herrscht. Außerdem muss der Vukodlak auch noch aufpassen, dass er nicht einem Dhampir oder einem Kresnik in die Arme läuft, denn dann hat er ausgespielt. Nein, in Serbien haben die Vampire wirklich kein leichtes Leben!

■ RUMÄNIEN

Auch im Nachbarland Rumänien, der Heimat Draculas, ist die Vampirdichte ungewöhnlich hoch.

STRIGOI Ein »normaler« Vampir heißt in Rumänien Strigoi. Die Rumänen erkennen ihn an seinem roten Haar, den blauen Augen und seinen zwei Herzen. Man glaubt dort, ein Vampir habe zwei Seelen.

NOSFERATU In Rumänien gibt es daneben noch vier besondere Vampirarten. Am bekanntesten ist der Nosferatu, und zwar deshalb, weil der erste Dracula-Film von 1922 so heißt.
Der Nosferatu ist ein Kind unverheirateter Eltern. Er saugt nicht nur Blut wie jeder gesunde Vampir, sondern foltert seine Opfer auch und zeugt selbst Kinder. Die Kinder kommen behaart auf die Welt und sind von Geburt an Vampire, weil sie ja einen Vampir zum Vater haben.

MOROI In Rumänien erzählt man sich Geschichten über »lebende Vampire«, die so genannten Moroi. Sie sind offensichtlich noch nicht tot, aber die genauen Zusammenhänge kennt niemand. Die meisten Moroi sind weiblich. Sie können Tiergestalt annehmen und saugen ihren Opfern das Blut aus oder entziehen ihnen die »Lebenskraft«. Auch Letzteres bezeichnet man als Vampirismus. Dass Moroi nach ihrem Tod zu Strigoi werden, versteht sich von selbst.

STRIGA Ferner gibt es in Rumänien noch die Striga, ein hexenähnliches Wesen, das sich nachts in eine schwarze Krähe ver-

wandelt und am liebsten das Blut von Kindern trinkt. Eine Striga ist ebenfalls ein lebender Vampir.
Wenn eine Striga über eine längere Strecke verfolgt wird, muss sie sich übergeben und spuckt das ganze Blut aus, das sie getrunken hat. Nachdem dieses Blut geronnen ist, kann man daraus ein Amulett machen, das Hexen abwehrt.

VARCOLACI Die ungewöhnlichsten Vampire sind zweifellos die Varcolaci. Sie entstehen aus den Seelen von ungetauften Kindern oder aus den Seelen von Menschen, die Gott verflucht hat. Varcolaci sehen sehr bleich aus und haben ungewöhnlich trockene Haut. In manchen Geschichten werden sie auch als Drache oder Tier mit mehreren Mäulern beschrieben.
Das Besondere an ihnen ist, dass sie angeblich die Sonne und den Mond aufessen können. In Rumänien glaubt man, dass jedes Mal, wenn ein Varcolaci in tiefen Schlaf fällt, eine Sonnen- oder Mondfinsternis bevorsteht. Der Geist des Varcolaci reist dann an einem dünnen Faden von einem Spinnennetz aus zum Himmel empor und beginnt die Sonne oder den Mond anzuknabbern, bis beide schließlich verschwunden waren. Für diejenigen, die daran glauben, ist der Varcolaci der mächtigste Vampir der Welt!

■ ALBANIEN

In Albanien, einem anderen Nachbarland Serbiens, muss man nachts ebenfalls auf der Hut sein. Hier kann man drei verschiedenen Vampirarten begegnen.

LUGAT Der Lugat (oder Kukuth) kommt am häufigsten vor. Man kann ihn mit den üblichen Methoden vernichten (siehe

Kapitel 6 und 7). Während in den meisten Ländern Wolf und Vampir als Verbündete gelten, ist in Albanien der Wolf der größte Feind des Lugat. Wenn ein Wolf einem Lugat das Bein abbeißt, zieht dieser sich beschämt in sein Grab zurück und steht nie wieder auf.

VURVULAK Wie in Serbien gibt es auch in Albanien einen Vampir-Werwolf, den Vurvulak. Ziemlich verwirrend, vor allem wenn man sich überlegt, was der Vurvulak wohl macht, wenn er nachts einem Lugat begegnet? Muss er dann wie ein Werwolf reagieren und ihn angreifen oder kann er als Vampir seinen Kollegen begrüßen?

KUKUDHI In manchen Gegenden Albaniens glaubt man, dass es eine gewisse Zeit dauert, bis aus einer Leiche ein Vampir wird: Je länger ein »Untoter« unter der Erde liegt, desto stärker würde er als Vampir sein. Ein Vampir, der lange in seinem Grab gelegen hat, wird Kukudhi genannt. Er ist so stark geworden, dass er sich tagsüber nicht mehr in seinem Sarg ausruhen muss. Über einen bestimmten Kukudhi erzählt man sich, dass er oft ins Ausland reiste, angeblich geschäftlich (wir können uns denken, was für Geschäfte das waren!).

■ BULGARIEN

Auch in Bulgarien machen Vampire die Nächte unsicher. Es gibt dort zwei Arten, die sich von den gewöhnlichen Vampiren unterscheiden.

UBOUR Der auffälligste Vampir ist der Ubour. Jemand wird ein

Ubour, wenn er ermordet wurde, wenn eine Katze über seine Leiche gesprungen ist oder wenn sein Geist den Körper nicht verlassen will. Nach vierzig Tagen unter der Erde wird dieser Vampir »geboren«. Ein Ubour ist leicht zu erkennen, denn er hat nur ein Nasenloch, außerdem eine Zunge mit Widerhaken und er sprüht Funken.

KRVOIJAC Ein Landsmann des Ubour, der Krvoijac (bitte frag mich nicht, wie man das ausspricht!), steigt ebenfalls erst nach vierzig Tagen unter der Erde aus seinem Grab. Von anderen Vampiren unterscheidet er sich dadurch, dass man ihn auf sehr sanfte Art vernichten kann: Man braucht nur wilde Rosen auf sein Grab zu streuen und er verschwindet von selbst.

■ RUSSLAND

Auch in Russland gibt es verschiedene Arten von Vampiren.

UPYR Am häufigsten kommt der Upyr vor, der außergewöhnlich blutdurstig ist, eiserne Zähne hat und sogar tagsüber umherschweift. Vernichten kann man ihn mit den üblichen Methoden, aber Vorsicht: Man muss den Pflock unbedingt mit einem einzigen Schlag durch sein Herz treiben. Wenn man zweimal schlägt, erwacht er wieder zum Leben und ist dann – wen wundert's – nicht gerade bester Stimmung!

ERETICA Die Eretica ist eine Frau, die ihre Seele dem Teufel verkauft hat. Nach ihrem Tod kehrt sie als altes, in Lumpen gekleidetes Weib zurück. Sie ist ein außergewöhnlich mächtiger Vampir: Ein einziger Blick von ihr kann bewirken, dass man krank wird und eines langsamen Todes stirbt. Zum Glück ist sie nur im Frühling und im Herbst aktiv.

WURDALAK Als Wurdalak bezeichnet man einen Vampir in Gestalt einer hübschen jungen Frau. Über ein solches Wesen schrieb Alexei Tolstoi im Jahr 1840 eine Erzählung mit dem Titel *Die Familie des Wurdalak* oder *Die Familie des Vampirs*.

■ POLEN

Interessante Vampire findet man auch in Polen, diesem großen Land, das zwischen Russland und Deutschland »eingeklemmt« ist und über einen reichen Schatz an Legenden verfügt.

UPIER Der Upier zum Beispiel hat sehr charakteristische Gewohnheiten. Er ist nur zwischen zwölf Uhr nachts und zwölf Uhr mittags aktiv. Sein Durst ist unstillbar und er schläft in einer großen Blutlache.

Wie auch der bulgarische Ubour hat er Widerhaken an der Zunge. Wenn man ihn vernichtet, kommt man in den Genuss eines Gratis-Feuerwerks: Der Upier explodiert.

VIESCZY Der Viesczy ist eine recht schillernde Figur. Man kann ihn leicht erkennen: Er hat ein rotes Gesicht und sein linkes Auge ist ständig offen. Wenn ein Viesczy im Grab erwacht, beginnt er zunächst an sich selbst zu nagen und erst danach richtet er seine Aufmerksamkeit auf andere! Um Letzteres zu verhindern, klemmte man früher vor dem Begräbnis den Verstorbenen einen Backstein unters Kinn, sodass sie den Mund nicht mehr aufbekamen. Wie die meisten Vampire greift der Viesczy vor allem Verwandte und

Bekannte an, und wenn ihn niemand daran hindert, rottet er letztendlich seine ganze Familie aus.
In Polen gab es lange Zeit auch das Gerücht, dass ein Baby, das mit Zähnen auf die Welt kommt, unweigerlich ein Vampir wird. Man kannte nur ein Gegenmittel: sämtliche Zähne ziehen. Wie viele unschuldige Polen mussten wohl deshalb ihre Kindheit ohne ihre Milchzähne verbringen?

■ SLOWAKEI

NELAPSI Die Slowaken haben einen Vampir, der Nelapsi genannt wird. Auch er ist nach seinem Tod leicht zu erkennen, denn er hält ständig beide Augen offen und hat zwei auffällige Haarlocken. Der Nelapsi ist ein besonders mächtiger Vampir. Wie die russische Eretica kann er mit Blicken töten. Ausschalten kann man diesen Untoten, indem man ihn in seinem Sarg festnagelt, ihm Kopf oder Herz durchbohrt oder ihn verbrennt. Familienmitglieder sollten sich nach dem Begräbnis unbedingt die Hände waschen.

■ DEUTSCHLAND

In Norddeutschland gibt es eine Volksgruppe mit einer eigenen Kultur und eigenen Bräuchen: die Wenden. Um das Jahr 400 kam dieses Volk, das heute östlich von Hannover lebt, von Polen nach Deutschland und brachte einen eigenen Vampir mit: den Doppelsauger.

DOPPELSAUGER Wenn ein Doppelsauger in seinem Sarg erwacht, beginnt er zunächst, wie auch der polnische Viesczy, an sich selbst zu nagen, damit er zu Kräften kommt. Um dies zu verhindern, legten die Wenden ihren Toten früher eine Goldmünze zwischen die Zähne und klemmten ihnen ein Holzscheit unters Kinn, damit sie den Mund nicht mehr öffnen konnten. Einen Doppelsauger vernichtet man, indem man ihm einen Spaten in den Hals sticht.

NACHZEHRER Auch in Süd- und Ostdeutschland kennt man eine ganz bestimmte Vampirart: den Nachzehrer. Solange er in seinem Sarg liegt, hält er mit einer Hand den Daumen der anderen Hand fest. Außerdem ist sein linkes Auge offen. Bei seinen Opfern beschränkt er sich zum Glück meist auf Familienmitglieder.
Ausschalten kann man ihn allein dadurch, dass man ihm eine Münze in den Mund legt und anschließend seinen Kopf abhackt.

■ SCHOTTLAND UND IRLAND

Auf dem Weg Richtung Westen werden die Vampire immer seltener. Nur in Schottland und Irland, wo man unzählige Geschichten über Gespenster, Geister und andere übernatürliche Wesen kennt, finden wir noch zwei interessante Exemplare.

BAOBAN-SITH In Schottland kann man einer Vampirin namens Baoban-sith begegnen. Es handelt sich dabei um ein schönes Mädchen, das ganz in Grün gekleidet ist. Ihre Opfer sind ausschließlich Männer. Die Baoban-sith kommt bereits in der Mythologie der Pikten vor, einem schottischen Volk, das vor 2 000 Jahren gegen die Römer kämpfte, und ist damit eine der ältesten Vampirarten Europas.

DEARG-DUE Die irische Dearg-due ist vermutlich noch älter.

Sie stammt aus der Zeit der ersten Kelten, einem Volk, das aus Mitteleuropa kam und sich um 500 vor Christus in Irland ansiedelte. Die Dearg-due, die als schöne Frau Männer ins Verderben lockt, ist in Irland sehr gefürchtet. Sie kann nur abgewehrt werden, wenn man Steine auf ihrem Versteck anhäuft. Doch zunächst muss man das Versteck ausfindig machen, was alles andere als einfach ist.

■ PORTUGAL

In Portugal gibt es ebenfalls einen weiblichen Vampir, der sich von allen anderen dadurch unterscheidet, dass man ihn nicht vernichten kann.

BRUXA Alle gängigen Methoden, diese Vampirin unschädlich zu machen, haben sich bisher als unwirksam erwiesen. Dies ist umso schlimmer, als die Bruxa besonders blutdurstig ist. Nachts verwandelt sie sich in einen großen Vogel und greift arglose Reisende an. Wenn gerade keine Reisenden unterwegs sind, ernährt sie sich vom Blut ihrer Familienmitglieder. Wer möchte schon solch eine Tante haben!

■ INDIEN

Auch außerhalb Europas begegnet man seltsamen, interessanten, vor allem aber Grauen erregenden Vampiren. Die meisten trifft man in Indien, dem riesigen Land, das so groß ist wie ganz Westeuropa. Verwunderlich ist dies nicht: Schon im Jahr 3 000 vor Christus erzählte man sich im Indus-Tal Geschichten über blutdurstige Wesen. Manche Kenner behaupten, dass die allerersten Vampire einst in Indien zu Hause waren.

BHUTA In Indien wird ein Mensch nach dem Tod zu einem Bhuta, wenn er auf gewaltsame Weise ums Leben gekommen ist oder nicht vorschriftsmäßig begraben wurde.
Bhutas leben auf Friedhöfen und an anderen düsteren Orten. Beim Essen sind sie nicht sehr wählerisch: Sie ernähren sich nämlich von Ausscheidungen und Eingeweiden (igitt!). Um die Bhutas gnädig zu stimmen, stellen die Inder ihnen in kleinen Tempeln Speiseopfer hin.

BRAHMAPARUSH Ein sehr grausamer Vampir ist der Brahmaparush aus Nordindien. Er trinkt Blut aus dem Schädel, nagt ihn ab und fertigt sich einen Turban aus den Därmen seines Opfers. Damit tanzt er wild herum.

MASAN Womöglich noch grausamer ist der Masan. Er greift vorzugsweise Kinder an, die er erst foltert und dann tötet. Schon vom Anblick seines Schattens kann ein Kind krank werden.

MASANI Eine Vampirin von der abscheulichen Sorte ist die Masani. Sie kommt in ganz Indien vor, ist schwarz und sieht furchtbar aus. Sie stürzt sich auf jeden, der an ihrer Begräbnisstätte vorbeigeht.

PACU PACTI Der Pacu pacti (oder Mmbyu) ist ein außergewöhnlich starker Vampir, der nachts in Begleitung seiner Diener auf Friedhöfen neue Opfer sucht. Nach Meinung mancher Inder ist der Pacu pacti das Oberhaupt aller bösen Kreaturen, wie Geister, Leichenesser und anderen Vampiren.

PISACHA Der Pisacha ist ein sehr merkwürdiger Vampir. Da

Verbrecher und Lügner nach ihrem Tod zu Pisachas werden, müsste es eigentlich eine ganze Menge dieser Vertreter geben. Der Pisacha ist ein echter Vampir, hat aber eine Vorliebe für frische Leichen. Bemerkenswerterweise hat er nicht nur schlechte Eigenschaften: Nein, er kann auch Krankheiten heilen. Schwerkranke Inder suchen mit zwei Hand voll Reis eine Kreuzung auf. Dies wiederholen sie so oft, bis ein Pisacha erscheint und sagt: »Ich werde deinem Leiden ein Ende machen.« Wenn der Kranke höflich bleibt, ist er kurze Zeit später gesund.

RAKSHASA Der letzte wichtige Vampir in Indien, der Rakshasa, ist ein Baumbewohner. Er ähnelt dem traditionellen europäischen Vampir, denn auch er kann sich in ein Tier verwandeln. Ein Rakshasa in Tiergestalt ist jedoch immer leicht zu erkennen, weil er fünf Beine hat!

Ein weiblicher Rakshasa wird Rakshasi genannt und tritt meist als ausgesprochen schöne Frau auf, die Männer anlockt und sie dann totbeißt. Man spürt es übrigens sofort, wenn ein solcher Vampir in der Nähe ist: Plötzlich wird einem übel und man bekommt Magenschmerzen, auch tagsüber!

■ MALAYSIA

Ein anderes asiatisches Land, in dem es von Vampiren geradezu wimmelt, ist Malaysia. In diesem Gebiet, das von unwegsamen, dichten Urwäldern bedeckt ist, existieren ein paar ganz besondere Arten.

BAJANG Da ist zum Beispiel der Bajang. Dieser männliche Vampir tritt meist in Gestalt eines Iltis in Erscheinung (ein Iltis ist ein kleines Raubtier, das wie eine lang gezogene Katze aussieht). Einen Bajang kann man zähmen und als eine Art Hausgeist halten. Der Besitzer eines Bajang kann diesen zum Beispiel beauftragen seinen Feinden Schmerzen zuzufügen. Bajangs werden in den Familien von Generation zu Generation weitergegeben.

LANGSUIR Die bekannteste Vampirin aus Malaysia ist die Langsuir. Dieses gefährliche Wesen ist ausgesprochen schön und kann fliegen. An ihren langen Nägeln, dem grünen Gewand und ihrem schwarzen Haar, das ihr bis zu den Fußknöcheln reicht, ist sie leicht zu erkennen. Mit ihrer üppigen Haarmähne verdeckt sie eine Öffnung in ihrem Hals, durch die sie das Blut von Kindern trinkt.

Unschädlich machen kann man eine Langsuir, indem man ihr Nadeln in die Hände pikst und Glasperlen in den Mund steckt. Es ist aber auch möglich aus einer Langsuir eine gewöhnliche Frau zu machen. Man stutzt ihr die Nägel und stopft das Loch in ihrem Hals mit ihren eigenen Haaren zu. Sie kann dann noch viele Jahre leben und sogar Kinder zur Welt bringen. Aber wehe, man nimmt sie zu einem Fest mit! Dann wird sie wieder zum Vampir und geistert nachts umher.

PENANGGALAN Die Penanggalan, ein weiterer weiblicher Vampir aus Malaysia, ist zweifellos das seltsamste Geschöpf aus der Gattung der Vampire. Sie besteht nur aus Kopf und Hals. Um den Hals sind ihre Därme gewickelt, die nachts, wenn sie umherfliegt, leuchten. Wird man von einem Tropfen Feuchtigkeit aus den Därmen getroffen, bekommt man scheußliche Geschwüre.

Die Penanggalan trinkt mit Vorliebe Kinderblut, aber auch Erwachsene sind in ihrer Nähe nicht sicher. Ein gutes Abwehrmittel sind

Dornensträucher. Wenn sich die Penanggalan darin verheddert, ist sie gefangen. Den Rest erledigt die aufgehende Sonne.

POLONG Ein Wesen wie den Polong findet man sonst nirgendwo auf der Welt. Der Polong ist nämlich ein selbst gemachter Vampir! Und so wird's gemacht: Man füllt etwas Blut von einem Ermordeten in eine Flasche und spricht eine Zauberformel. Nach etwa zwei Wochen ist aus der Flasche Vogelgezwitscher zu hören. Nun ritzt man sich den Finger und hält ihn hinein, damit der Polong daran saugen kann. Dies wiederholt man täglich, bis er zutraulich geworden ist.

Anschließend kann man mithilfe dieses kaum fingerlangen Vampirs seine Feinde das Fürchten lehren. Loswerden kann man einen Polong, indem man ihn in eine Flasche sperrt oder denjenigen, der ihn gezüchtet hat, tötet.

■ INDONESIEN

Malaysias Nachbarland Indonesien kann ebenfalls mit interessanten Vampirarten aufwarten. Indonesien besteht aus tausenden größerer und kleinerer Inseln und gehörte bis zum Jahr 1950 zu den Niederlanden.

PONTIANAK Einer der indonesischen Vampire, der Pontianak, kommt auch in Malaysia vor. Ein Pontianak ist das tot geborene Kind eines weiblichen Vampirs. Von seiner »Geburt« an saugt er Blut – und zwar genau wie die Langsuir durch eine Öffnung im Hals. Auch den Pontianak kann man mit Nadeln und Glasperlen unschädlich machen.

SUNDAL BOLONG Die Sundal bolong ist eine Vampirin und kommt nur auf Java vor, der größten Insel des indonesischen Archipels. Sie hat es hauptsächlich auf junge Männer abgesehen, die sie zu ihrem Versteck lockt, um ihnen das Blut bis zum letzten Tropfen auszusaugen. Eine Sundal bolong ist stets weiß gekleidet und daher im Dunkeln gut zu erkennen.

■ PHILIPPINEN

Auch in einem anderen Nachbarland Malaysias, den Philippinen, sollte man nachts auf der Hut sein. Wie Indonesien besteht dieses Land aus tausenden von Inseln, die zumeist von dichtem Urwald bedeckt sind. Sämtliche philippinischen Vampire sind »lebende« Vertreter ihrer Gattung.

ASWANG Die Aswang ist tagsüber eine schöne Frau. Nachts wird sie zu einem Schrecken erregenden Vampir und macht sich auf die Suche nach Opfern. Wenn sie in der Nähe eines Hauses Nachtvögel kreischen hört, fliegt sie dorthin. Das Blut ihrer Opfer trinkt sie durch eine lange Röhrenzunge, die sie durch das Strohdach des Hauses bohrt.
Die Aswang mag am liebsten Kinderblut. Nach einem ausgiebigen Mahl schwillt sie so stark an, dass man sie für schwanger halten könnte. Sie gehört zu den wenigen asiatischen Vampiren, die man mit Knoblauch abwehren kann.

DANAG Der Danag ist der älteste Vampir der Philippinen. Auch er ist kein echter »Untoter«. Ursprünglich war er ein Mensch und wurde zum Vampir, indem er aus der Schnittwunde am Finger eines anderen Menschen Blut saugte. Es schmeckte ihm so gut, dass er so lange saugte, bis das Opfer tot war. Seitdem ist Blut seine einzige Nahrung.

MANDURUGO Die Mandurugo lebt in der Gegend um Capiz auf der Insel Panay, die etwa in der Mitte des philippinischen Archipels liegt. Wie die Aswang ist sie tagsüber eine ganz normale Frau und nachts eine Vampirin. Ihre Beute sind vor allem frisch verheiratete junge Männer. Bei der Präsidentschaftswahl im Jahr 1992 wurde angeblich eine Mandurugo gesichtet.

■ CHINA UND JAPAN

Weiter östlich gibt es nicht mehr viele Vampire. Zwar kennt man in China und Japan zahllose Legenden von übernatürlichen Wesen, doch sind dies meist Geister oder Teufel und nur selten Blutsauger.

CHIANG-SHI Der einzige Vampir, vor dem man sich in China fürchten muss, ist der Chiang-shi. Man erkennt ihn sofort an seinen feuerroten Augen, den scharfen Zähnen und der weißen oder grünen Körperbehaarung. Im Wesentlichen hat er die gleichen Fähigkeiten wie der europäische Vampir: Er kann fliegen, sich in Nebel oder Rauch auflösen und er verabscheut Knoblauch. Seltsamerweise glauben die Chinesen, dass ein Verstorbener zum Vampir wird, wenn Sonnenlicht auf seine Leiche fällt!

HANNYA Auch in Japan begegnet man Vampiren eher selten. Der einzige echte Blutsauger unter den unzähligen Monstern und Teufeln, die man dort kennt, ist die Hannya, eine Frau, die es auf kleine Kinder abgesehen hat. Sie trinkt nicht nur deren Blut, sondern verschlingt sie auch bei lebendigem Leib.

■ AUSTRALIEN

Auf diesem riesigen Kontinent mit seinen ausgedehnten Wüstengebieten leben seit alters her die Aborigines. Diese Ureinwohner glauben, dass der Geist oder die Seele eines Menschen nach dessen Tod weiterlebt und auf der Erde umherschweift. Manche dieser wandernden Seelen werden zu bösen Geistern mit vampirischen Neigungen.

MRART Ein solcher bösartiger Untoter ist der Mrart. Nachts ist er in Hochform und macht Jagd auf Menschen, die er fängt und in sein Versteck schleppt. Um zu verhindern, dass ein Verstorbener sich in einen Mrart verwandelt, brechen die Aborigines ihren Toten die Beine. Ein anderes Mittel kennen sie nicht.

TALAMAUR Auf den Banks-Inseln, die zwischen Neuguinea und Australien liegen, kommt der Talamaur vor: ein lebender Vampir, der mit den Geistern Verstorbener sprechen kann. Wenn es an der Tür kratzt oder in der Nähe eines Toten Geraschel zu hören ist, weiß man, dass ein Talamaur im Anmarsch ist.

■ NAHER OSTEN

ALGUL In den arabischen Ländern existiert nur eine einzige Vampirart: die Algul. Diese Vampirin treibt sich auf Friedhöfen herum und verschlingt am liebsten tote Babys. Die berühmteste Algul kommt in einer Erzählung aus *Tausendundeine Nacht* vor: Ein junger Mann heiratet ein Mädchen namens Amine, das immer nur winzige Mengen Reis zu sich nimmt. Er wird misstrauisch und entdeckt, dass seine Frau eine Algul ist. Mithilfe eines Zaubertranks gelingt es ihm, sie in ein Pferd zu verwandeln.

■ AFRIKA

In Afrika, dem größten Erdteil, leben viele verschiedene Bevölkerungsgruppen. Jede hat ihre eigenen Legenden und Geschichten. Vampire jedoch kommen darin überraschend selten vor.

ADZE In Ghana kennt man den Adze, einen Vampir, der als Leuchtkäfer umherfliegt. Das hört sich recht harmlos an, doch sobald man ein solches Tierchen fängt, wird es zum Vampir in menschlicher Gestalt. Der Adze ist versessen auf das Blut hübscher Kinder, doch im Notfall trinkt er auch Kokosmilch oder Palmöl.

ASANBOSAM Ein weiterer Vampir aus Ghana ist der Asanbosam, der tief im Urwald lebt und wie ein Mensch aussieht. Allerdings sind seine Zähne aus Eisen und an Stelle von Händen hat er Haken. Wenn du an einem Baum vorbeigehst, in dem ein Asanbosam lauert, angelt er dich mit seinen Haken und frisst dich auf.

OBAYIFO An der Goldküste, nicht weit von Ghana entfernt, treibt ein »lebender Vampir« sein Unwesen. Er (oder sie) verlässt nachts den Körper und verursacht bei anderen Menschen Krankheiten. Den Obayifo erkennt man daran, dass er im Dunkeln leuchtet. Am liebsten trinkt er das Blut von Kindern, die dann eines langsamen, qualvollen Todes sterben. Wer ungewöhnlich viel isst, vor allem Fleisch, und sich immer wieder verstohlen nach allen Seiten umsieht, könnte ein Obayifo sein. Daher sollte man sich in dieser Region an die Vegetarier halten.

RAMANGA Auf Madagaskar, einer großen Insel vor der Ostküste Afrikas, kennt man den Ramanga, einen Vampir gewöhnlicher Art. Wenn ranghohe Stammesangehörige auf Madagaskar sich die Nägel schneiden oder Blut verlieren, bewahren sie beides für den Ramanga auf.

■ AMERIKA

In der Neuen Welt gibt es kaum Vampire. In den Legenden der Indianer Nordamerikas kommen sie nicht vor; nur in Mittel- und Südamerika kennt man einige Arten.

JARACACAS In den Urwäldern Brasiliens schleicht der Jaracacas umher. Meist erscheint er als Schlange und saugt Blut aus den Brüsten stillender Mütter. Die Babys interessieren ihn nicht.

TLACIQUES Die mexikanischen Indianer erzählen sich Geschichten über ein Furcht erregendes weibliches Wesen namens Tlaciques. Tagsüber ist sie eine Hexe und nachts eine Vampirin, die sich als Truthahn an die Menschen heranmacht. Erst vor kurzem, im Jahr 1996, wurde angeblich eine solche Vampirin gesichtet. Ihr Auftauchen jagte den Mexikanern einen Riesenschrecken ein.

LOOGAROO Auf den Karibischen Inseln, die nördlich von Surinam liegen, kennt man ebenfalls eine Vampirhexe: die Loogaroo. Ihr Name ist eine Verballhornung des französischen Wortes loup-garou, das Werwolf bedeutet. Die Loogaroo ist für gewöhnlich eine alte Frau. Sie hängt nachts ihre Haut an einen Baum und macht sich dann auf die Suche nach Opfern.

Es gibt zwei Methoden sie auszutricksen. Zum einen kann man Reis vor die Tür streuen. Die Loogaroo fühlt sich dann gezwungen die Reiskörner einzeln aufzulesen. Dies dauert, wenn man Glück hat, bis Sonnenaufgang. Zum anderen kann man ihre abgestreifte Haut – sofern man sie findet – mit Salz bestreuen: Damit ist ihre Macht gebrochen.

■ VORSICHT

Wohin auch immer du in den Ferien reist, nachts solltest du auf der Hut sein. Ein kleiner Trost: Wer in Holland Urlaub macht, hat wenig Aussicht einem Vampir in die Arme zu laufen. Obwohl, wenn man an die Bücher der niederländischen Gruselautoren denkt, könnte man glatt meinen . . .

4. WORAN MAN DEN VAMPIR ERKENNT

»Der Vampir lebt weiter und kann durch das Vergehen der Zeit nicht sterben. Mehr noch, wir haben sogar gesehen, dass er jünger werden kann . . .«

Aus: *Dracula* (1897) von Bram Stoker

Stell dir folgende Situation vor: Du musst für den Unterricht ein Referat über Berufe vorbereiten, aber leider fällt dir überhaupt nichts zu diesem Thema ein. Deshalb beschließt du den erstbesten Passanten auf der Straße anzuhalten und ihn zu befragen. Du hast ein Riesenglück, denn es stellt sich heraus, dass dieser Passant ein Schriftsteller ist, zumindest behauptet er das.
»Was für Bücher schreiben Sie?«, fragst du.
»Bücher über Vampire«, lautet die Antwort.
Das wird ein interessantes Referat, denkst du und sagst: »Können Sie mir darüber Näheres erzählen?«
»Natürlich«, antwortet der Mann. »Komm nur mit, wir suchen uns ein ruhiges Plätzchen. Hier ist es so laut und so . . . hell.«
Komisch, denkst du, denn die Sonne ist bereits untergegangen. Trotzdem folgst du dem Mann. Es bleibt dir gar nichts anderes übrig, denn morgen musst du dein Referat halten.
An einem Friedhofstor bleibt er stehen. »Hier ist es schön ruhig«, sagt er. »Wollen wir ein wenig spazieren gehen?«
Du nickst. Der Ort ist dir ziemlich gleichgültig, Hauptsache, du kommst zu deinem Interview. Zusammen betretet ihr den Friedhof. Du erschrickst, als plötzlich eine Ratte auf deinen Schuh springt.
»Weg mir dir!«, ruft der Mann und die Ratte gehorcht sofort.
Gott sei Dank, denkst du.
»Dann fang mal an«, sagt der Mann, während ihr im Mondschein den Weg zwischen den Gräbern entlanggeht. Dir fällt auf, dass dein Begleiter überhaupt keinen Schatten hat. Komisch – aber irgendwie auch witzig. So etwas hast du noch nie gesehen. Vielleicht haben Schriftsteller grundsätzlich keinen Schatten. Das könntest du in deinem Referat erwähnen.
»Was muss man alles wissen, um über Vampire schreiben zu können?«, fragst du.

»Alles«, antwortet der Mann. »Man muss wissen, was typisch für sie ist. Man muss wissen, woran man sie erkennt und wie man sie töten kann. Man muss so viel wissen, dass man selbst Vampirjäger werden könnte.« Der Mann lächelt. »Oder Vampir.«
Schnell schreibst du alles auf, was dein Gesprächspartner sagt.
»Schriftsteller und Filmregisseure denken sich manchmal neue Eigenschaften für Vampire aus«, fährt er fort. »Damit erweitern sie den Vampirmythos.«
»Der Vampir ist also ein Mythos?«, fragst du und plötzlich fällt dir ein super Titel für dein Referat ein: *Mythos oder Wirklichkeit?*
Der Fremde zuckt mit den Schultern. »Tja, schwer zu sagen. Was weißt *du* eigentlich über Vampire? Kennst du ihre wichtigsten Merkmale?«
»Keine Ahnung«, antwortest du. »Ich habe noch nie eine Vampirgeschichte gelesen.«
»Das ist schlecht«, sagt der Mann. »Und Pech für dich . . .«

Das Letzte, was du siehst, sind seine blendend weißen, langen Eckzähne . . . dann stürzt er sich auf dich.
Dein Referat *Mythos oder Wirklichkeit?* wirst du leider niemals halten können . . .

■ WISSEN IST MACHT

Wenn du weißt, woran man einen Vampir erkennt und was typisch für ihn ist, wird dir so etwas niemals passieren. Wissen ist für den Studenten der Vampirologie absolut unentbehrlich.
Aus diesem Grund ist nachstehend eine Reihe typischer Vampirmerkmale aufgelistet. Wenn du vielleicht einmal selbst eine Vampirgeschichte schreiben willst, sollten dir diese Kennzeichen unbe-

dingt geläufig sein. Aber auch beim Lesen von Vampirbüchern wird dir dein Wissen zu Gute kommen. Und falls du eine Laufbahn als Vampirjäger anstrebst, lernst du die einzelnen Punkte am besten auswendig, bevor du auf die Jagd gehst.

■ 17 WICHTIGE KENNZEICHEN EINES VAMPIRS

1. UNTOT Der Vampir ist ein Untoter. Er lebt nicht, ist aber auch nicht tot. Vielmehr ist er ein Mensch, der aus dem Tod zurückgekehrt ist. Man könnte ihn auch als »lebende Leiche« bezeichnen.

2. SARG Tagsüber schläft der Vampir in seinem Sarg, in dem er eine kleine Menge Erde von seinem Geburtsort aufbewahrt. Die meisten Vampire hängen sehr an ihrem Sarg und nehmen ihn nach Möglichkeit mit, wenn sie verreisen. Wahrscheinlich vermittelt ihnen das eine Art Heimatgefühl und stillt die Sehnsucht nach dem gewohnten Friedhof. Bisweilen geben sie ihren Sarg als Frachtgut auf, per Schiff oder per Flugzeug, oder sie beauftragen eine Spedition.

3. BLUT Der Vampir steigt nachts aus seinem Grab und macht sich auf die Suche nach Blut. Blut ist für ihn, wie übrigens auch für den Menschen, lebenswichtig. Der Durst des Vampirs ist unstillbar: Immer wieder verlangt er nach frischem Blut. Er ist regelrecht süchtig danach, ein Blutjunkie sozusagen. Große Mengen dieses roten Safts haben eine verjüngende Wirkung auf ihn.

4. BEISSEN Den Fortbestand seiner Art sichert der Vampir, indem er Menschen beißt und ihnen das Blut aus der Halsschlagader saugt. Wer ihm zum Opfer fällt, wird nach dem Tod gleichfalls ein Vampir. Der Überlieferung nach muss man dreimal gebissen werden. In Büchern und Filmen reicht oft ein einziger Biss. Vampir werden kann jeder: Männer, Frauen, Kinder, Opas, Omas, Menschen mit schwarzer, brauner, gelber oder weißer Hautfarbe. Vampire haben keine Vorurteile. Sie wissen, dass jeder rotes Blut hat.

5. SPIEGELBILD Der Vampir hat kein Spiegelbild. Das Spiegelbild ist, so heißt es, ein Abbild der Seele, und weil ein Vampir keine Seele mehr hat, ist im Spiegel nichts zu sehen (Särge mit eingebautem Spiegel wären bei Vampiren Verschwendung).
Bram Stoker verwendete als Erster dieses Charakteristikum in einem Buch. Natürlich gibt es auch Ausnahmen von der Regel: In dem Film *Bloody Marie – Eine Frau mit Biss* (1992) sitzt ein weiblicher Vampir inmitten brennender Kerzen vor dem Spiegel und hat eindeutig ein Spiegelbild.

6. SCHATTEN Der Vampir hat keinen Schatten und lässt sich auch nicht fotografieren (Ausnahme: Fotos von Filmvampiren). In den alten Volkslegenden hatten Vampire noch Schatten, bei Bram Stoker nicht mehr. Dieser Schriftsteller ließ sich noch manch anderes einfallen, zum Beispiel, dass Fotos von Vampiren wie Röntgenbilder aussehen: Sie zeigen nur eine Art Skelett. Diese Idee hat Stoker allerdings nicht in seinem Buch verarbeitet.
In dem Film *Bram Stoker's Dracula* (1992) von Francis Ford Coppola hat Dracula zwar einen Schatten, aber dieser führt ein Eigenleben: Er macht andere Bewegungen als sein Besitzer, was manchmal sehr komisch aussieht.

7. ECKZÄHNE Vampire haben überlange Eckzähne, die an das Gebiss eines Werwolfs erinnern. In manchen Ländern hat man deshalb für Vampire und Werwölfe sogar den gleichen Namen. Mit dem griechischen Wort Vrykolakas zum Beispiel bezeichnet man sowohl einen Werwolf als auch einen Vampir. Das kann natürlich zu Verwirrung führen: Womöglich geht man auf Vampirjagd und kommt am Ende mit einem Werwolf nach Hause.

8. GESTALTÄNDERUNG Der Vampir kann sich in ein Tier verwandeln: in eine Fledermaus, einen Wolf, eine Schlange, eine Ratte, ein Pferd oder ein niederes Tier (zum Beispiel eine Fliege). Am liebsten erscheint er als Fledermaus, weil er sich dann rasch fortbewegen kann. Beim Anschaffen von Haustieren ist also Vorsicht geboten!
Manchen Überlieferungen zufolge kann der Vampir auch die Gestalt des Menschen annehmen, den er getötet hat, ohne dass derjenige selbst zum Vampir wird.

9. MACHT ÜBER TIERE Der Vampir hat auf geheimnisvolle Weise Macht über Tiere. Wölfe lecken ihm die Hände, Ratten küssen seine Füße und gehorchen ihm aufs Wort. Als Löwenbändiger im Zirkus könnte er eine steile Karriere machen – selbstverständlich nur in den Abendvorstellungen.

10. EINFLUSS AUF DAS WETTER Der Vampir kann das Wetter beeinflussen. Wenn er will, kann er zum Beispiel Nebel herbeirufen, aber auch Blitz und Donner. Dagegen kommt der Wettermann vom Fernsehen nicht an.

11. NEBEL Vampire können sich in Nebel auflösen und daher mühelos aus ihrem verschlossenen Sarg heraus- und wieder hineingelangen. Auch wenn sie in die Enge getrieben werden, verflüchtigen sie sich gern auf diese Weise.

12. EINLADUNG Zum Glück kann der Vampir niemals ohne vorherige Aufforderung ein Haus betreten. Lade also keine Nebelbänke zum Tee ein, denn bevor du dich versiehst, sitzt neben dir auf dem Sofa ein Vampir!

13. HYPNOSE Der Vampir hat einen hypnotischen Blick. Indem er dich einfach nur ansieht, kann er dir seinen Willen aufzwingen. Schau einem Vampir deshalb niemals in die Augen.

14. KRAFT Ein Vampir ist ungeheuer stark, vor allem wenn er gerade Blut getrunken hat. Dann kann er ohne weiteres ein Pferd k. o. schlagen.

15. FLIESSENDES WASSER Vampire können kein fließendes Gewässer überqueren. Deswegen achte darauf, dass du immer einen Fluss dabeihast.

16. UNSTERBLICH Der Vampir ist unsterblich. Wenn niemand sein Herz mit einem Pflock durchbohrt oder ihm den Kopf abhackt, lebt er ewig und kann zehntausende von Jahren alt werden. Er sieht immer so aus wie in dem Augenblick, als er zum Vampir wurde. Das heißt, er kann sowohl ein Erwachsener als auch ein Kind sein, sogar ein tausend Jahre altes Baby.

17. TAGESLICHT Für einen Vampir ist Tageslicht tödlich. Er verbrennt bei lebendigem (oder besser gesagt: untotem) Leib zu einem Häufchen Asche. Vampire kehren deshalb vor Sonnenaufgang in ihren Sarg zurück. Ist das Grab nicht in der Nähe, suchen sie sich ein anderes dunkles Versteck. In Kellern, auf Dachböden und in Abbruchhäusern mit zugenagelten Fenstern – also an dunklen Orten – kann man schlafende Vampire finden. Zwischen einem Vampir, den das Tageslicht überrascht hat, und der Asche von einer verbrannten Zeitung sieht man keinen Unterschied. Wenn du irgendwo ein Häufchen Asche liegen siehst, war dies vielleicht einmal ein Vampir.

■ NEUE IDEE

Den Vampiren aus den alten Volkslegenden konnte das Tageslicht nicht allzu viel anhaben. Zwar waren sie tagsüber etwas schwächer und schlichen deshalb am liebsten in der Dämmerung umher, aber töten konnte das Licht sie nicht. In dem Roman *Dracula* von Bram Stoker spaziert der Graf sogar am helllichten Tag durch London. Die tödliche Wirkung des Tageslichts auf Vampire dachten sich die Filmregisseure aus. In Murnaus Film *Nosferatu – Eine Symphonie des Grauens* (1922) wurde erstmals ein Vampir durch Sonnenlicht getötet. Seit dieser Zeit haben alle Vampire eine Höllenangst vor dem Tageslicht (vermutlich haben sie alle den Film gesehen).

■ TARNUNG

Das Tückische an einem Vampir ist, dass er im Grunde genommen wie ein Mensch aussieht und somit schwierig zu erkennen ist – es sei denn, man weiß, worauf man achten muss. Vampire sind nicht dumm. Ihnen ist durchaus klar, dass sie sich heutzutage nicht mehr allzu oft im schwarzen Cape mit rotem Futter auf der Straße zeigen

sollten. Im Lauf der Zeit haben sie gelernt sich anzupassen. Sie tarnen sich wie manche Tierarten und mischen sich dann unauffällig unters Volk.
Ein Vampir mit Verstand geht mit der Zeit und kleidet sich so, wie es heute üblich ist. Daher sollte man nicht nur wissen, was für Vampire typisch ist, sondern auch, an welchen äußeren Merkmalen und Verhaltensweisen man sie sonst noch erkennt.

10 DINGE, AN DENEN MAN EINEN VAMPIR ERKENNEN KANN

1. CAPE Verdächtig ist jeder, der ein schwarzes Cape trägt. Allerdings sieht man gegenwärtig nicht mehr viele Leute im Cape. Das wissen auch die Vampire. Meist, aber nicht immer, passen sie sich der Zeit an, in der sie leben. So kann es heutzutage vorkommen, dass der Vampir im Jogginganzug und mit einem Walkman auf dem Kopf auf Inlineskates den Bürgersteig entlangflitzt. Du musst also auf andere Dinge achten.

2. UNNATÜRLICHE BLÄSSE Vampire meiden die Sonne und sind daher absolut bleich. Nur nach dem Genuss von Blut haben sie vorübergehend etwas Farbe im Gesicht. Hüte dich deshalb vor blassen Zeitgenossen. Natürlich solltest du ihnen nicht sofort zu Leibe rücken (vorausgesetzt, du traust dich), denn viele blasse Menschen sind dann doch harmlos. Tja, dass es leicht sei einen Vampir zu entlarven, hat niemand behauptet.

3. LANGE SCHARFE ECKZÄHNE Die Eckzähne des Vampirs sind nur sichtbar, wenn er den Mund weit genug aufmacht. Hast du jemanden im Verdacht, dann versuche ihn zum Lachen zu bringen. Erzähle ihm einen Witz oder kitzle ihn notfalls. Du kannst ihm auch kräftig auf die Zehen treten. In diesem Fall riskierst du allerdings eine Ohrfeige, falls du dich geirrt hast.

4. ROTE AUGEN Dieses Merkmal fällt sofort auf. Aber Vorsicht: Rote Augen können auch von Schlafmangel kommen oder vom Weinen. Schlaue Vampire tragen farbige Kontaktlinsen oder Sonnenbrillen. Menschen mit Sonnenbrille sind daher von vornherein verdächtig (sofern es keine Kinderbuchautoren sind, wohlgemerkt).

5. FINGERNÄGEL Die Nägel eines Vampirs sind eisenhart. Wenn dich jemand mit sehr langen Nägeln um eine Eisenfeile bittet, dann sei auf der Hut.

6. ABNEIGUNG GEGEN LICHT Vampire meiden das Tageslicht, sie fürchten sich davor (Ausnahmen bestätigen die Regel). Menschen, die sich immer im Dunkeln aufhalten und tagsüber so gut wie nie ins Freie gehen, kannst du getrost auf die Liste der Verdächtigen setzen.

7. SCHWELLENANGST Es gibt Leute, die nie eine Türschwelle überschreiten würden, bevor man sie nicht dazu auffordert. Dabei handelt es sich entweder um besonders schüchterne Menschen oder aber um Vampire, denn ohne Aufforderung kann der Vampir kein Haus betreten.

8. BEHAARTE HANDFLÄCHEN Wenn du jemandem die Hand gibst und es kitzelt, liegt es höchstwahrscheinlich an der Behaarung seiner Handflächen. Es könnte dann sein, dass du gerade einem

Vampir die Hand geschüttelt hast. Auch wenn es bei der Begrüßung kratzt, solltest du dich in Acht nehmen (vielleicht hat er seine Handflächen rasiert).

9. KEIN SPIEGELBILD Wer in seiner Wohnung keinen Spiegel hat, ist grundsätzlich verdächtig. Jeder Mensch betrachtet sich ab und zu gern selbst. Vampire eigentlich auch, aber bei ihnen bleibt der Spiegel leer. Deshalb haben sie keinen. Außerdem würde ein Spiegel sie verraten. Achte darauf, ob sich die Passanten auf der Straße in den Schaufensterscheiben spiegeln. Auf diese Weise erkennst du einen Vampir sofort. Auch ein Taschenspiegel leistet gute Dienste.

10. ABNEIGUNG GEGEN KNOBLAUCH Weicht jemand zurück, wenn du ihm ein Stück Knoblauchpizza anbietest, handelt es sich todsicher um einen Vampir.
Knoblauch war schon im Altertum als Heilmittel bekannt. Im Mittelalter benutzte man ihn dann, um Hexen abzuwehren. Auch der Vampir verabscheut Knoblauch. Ihm wird davon übel. Im Zweifelsfall kannst du dem Betreffenden zusätzlich deinen Taschenspiegel vorhalten.

■ ÜBUNG MACHT DEN MEISTER

Wenn du diese Checkliste auswendig gelernt hast, solltest du dich ans Üben machen. Taschenspiegel und Knoblauch kannst du in die Schule mitnehmen und damit deine Lehrer testen. Achte auch auf ihre Zähne. Wenn du eine Lehrerin hast, die übertrieben viel Make-up auflegt, solltest du dich fragen, warum sie das macht. Aus Eitelkeit oder um ihre Blässe zu verbergen? Wichtige Fragen, mit denen der künftige Vampirjäger immer wieder konfrontiert wird.

5. Wie man ein Vampir wird

»Großer Gott!«, rief er aus. »Was wollen Sie damit sagen? Ist ein Fehler unterlaufen? Wurde sie lebendig begraben?« Er stöhnte laut vor Pein, die nicht einmal von Hoffnung gelindert wurde.

»Ich sagte nicht, dass sie noch lebt, mein Sohn. Ich dachte es nicht einmal. Ich gehe nicht weiter als zu sagen, sie könnte untot sein . . .«

Aus: *Dracula* (1897) von Bram Stoker

Irgendwann einmal fragst du dich, wie es wohl wäre ein Vampir zu sein. Auf jeden Fall müsstest du dann nicht mehr zur Schule, denn der Unterricht fände ja nur tagsüber statt, wenn die Vampire schlafen. Das Schlafen im Sarg wäre anfangs sicherlich etwas gewöhnungsbedürftig, aber mit der Zeit würde es schon gehen. Ein großer Vorteil bestünde darin, dass du als Vampir die ganze Nacht aufbleiben und überdies auch noch fliegen könntest. Du hättest enorme Kräfte. Dein Spiegelbild würdest du wohl hin und wieder vermissen, aber dafür hättest du das ewige Leben. Blut zu trinken scheint dir vielleicht nicht sehr verlockend, aber als Vampir müsstest du zumindest nie mehr Rosenkohl und Spinat essen. Vampire kommen ohne feste Nahrung aus.
Die Frage lautet nun: Wie wird man zum Vampir? In Büchern und Filmen geschieht dies meist durch den Biss eines anderen Vampirs. Wo aber findet man auf die Schnelle einen solchen? Gibt es noch weitere Möglichkeiten? Denn ein Film ist bekanntlich etwas anderes als die Wirklichkeit. Oder etwa nicht?

■ ANDERE MÖGLICHKEITEN

Vermutlich haben nicht viele Menschen den Wunsch ein Vampir zu werden, obwohl . . . manche lassen sich spaßeshalber die Zähne spitz zuschleifen und es gibt sogar Vampirfanclubs (siehe Kapitel 16, VAMPIRFANS UND -ZEITSCHRIFTEN).
Der Student der Vampirologie sollte wissen, dass es eine ganze Reihe von Möglichkeiten gibt ein Vampir zu werden. Möglichkeiten, die in keinem Film vorkommen, aber an die man in bestimmten Gegenden der Welt felsenfest glaubt. Manchen Menschen ist das Vampirdasein sogar von Geburt an vorbestimmt. Andere werden durch Ereignisse während ihres Lebens oder durch Vorfälle

nach dem Tod zu Vampiren. Grundsätzlich gilt: Bevor man ein Vampir wird, muss man zunächst einmal gestorben sein.
Etliche der nachstehend beschriebenen Möglichkeiten haben ihren Ursprung im osteuropäischen Volksglauben, besonders in den Überlieferungen der Balkanländer und Griechenlands. Diese Möglichkeiten gelten deshalb auch nur dort. Willst du nach deinem Tod ein Vampir werden, dann solltest du am besten nach Transsylvanien umziehen, in die Heimat Draculas.

■ 25 MÖGLICHKEITEN EIN VAMPIR ZU WERDEN

VON GEBURT AN VORBESTIMMT. DU WIRST EIN VAMPIR . . .

1. ZWEI HERZEN . . . wenn du mit zwei Herzen geboren wurdest. Dies gilt im Allgemeinen nur für die rumänischen Strigoi.

2. NEUMOND . . . wenn du in einer Neumondnacht geboren wurdest.

3. ERSTER WEIHNACHTSTAG . . . wenn du am ersten Weihnachtstag geboren wurdest. Dies gilt als eine Beleidigung Christi, deshalb wirst du zur Strafe nach dem Tod ein Vampir.

4. HELM . . . wenn du »mit dem Helm« (einer Eihaut über dem Kopf) zur Welt gekommen bist. In Rumänien sorgten Menschen, die mit einem solchen »Helm« geboren wurden, selbst dafür, dass sie nach ihrem Tod nicht als Vampire zurückkehren konnten: Sie ließen ihren Leichnam mit einem Pflock durchbohren.

Die Kaschuben, ein Volk im heutigen Polen, ließen die Eihaut nach der Geburt eintrocknen und mischten die Überreste dem Kind an dessen siebtem Geburtstag ins Essen. Damit war die Gefahr gebannt.

5. ZÄHNE ... wenn du mit Zähnen geboren wurdest. Dies gilt als schlechtes Omen und untrüglicher Hinweis auf eine Vampirlaufbahn.

6. BEHAART ... wenn du bei der Geburt stark behaart warst. In diesem Fall hast du doppeltes Pech: Bei deiner Geburt hast du einem Werwolf ähnlich gesehen und nach dem Tod wirst du wohl ein Vampir.

7. SIEBTER SOHN ... wenn du der siebte Sohn eines siebten Sohnes bist. Kommt gegenwärtig kaum noch vor.
Familien dieser Größe gibt es nur selten (die Kelly Family ausgenommen).

8. UNGETAUFT ... wenn du ungetauft stirbst. Das haben dir dann deine Eltern eingebrockt.

9. BLICK ... wenn deine Mutter während ihrer Schwangerschaft einem Vampir in die Augen gesehen hat. Wahrscheinlich bedeutet dies, dass deine Mutter ebenfalls ein Vampir ist, denn wer einem Vampir in die Augen schaut, steht in seiner Macht und wird höchstwahrscheinlich gebissen.

10. SALZ ... wenn deine Mutter, als sie mit dir schwanger war, nicht genug Salz zu sich genommen hat. Dies herauszufinden ist schwierig. Deine Mutter wird sich wohl kaum daran erinnern. Ein Punkt also, der auf jeden zutreffen könnte.

EREIGNISSE WÄHREND DES LEBENS. DU WIRST EIN VAMPIR . . .

11. FLUCH . . . wenn jemand dich verflucht hat. Insbesondere, wenn deine Eltern den Fluch ausgesprochen haben. Lasse es nie so weit kommen . . .

12. FLEISCH . . . wenn du Fleisch von einem Schaf isst, das ein Wolf gerissen hat. Meide Lammfleisch oder werde Vegetarier, wenn du auf Nummer Sicher gehen willst.

13. SÜNDHAFTES LEBEN . . . wenn du ein sündhaftes Leben führst, zum Beispiel als Dieb, Mörder oder Betrüger. In diesem Fall liegt die Schuld bei dir. Wärst du anständig und ehrlich geblieben . . .

14. SCHWARZE MAGIE . . . wenn du dich mit Hexerei oder Zauberkünsten (d. h. mit schwarzer Magie) befasst.

15. BISS . . . durch den Biss eines Vampirs. Dies ist die bekannteste Ursache. Alten Überlieferungen zufolge muss man dreimal gebissen werden, damit man nach dem Tod ein Vampir wird. Manchmal genügt aber schon ein einziger Biss.

16. BLUT TRINKEN . . . indem du das Blut eines Vampirs trinkst. Dies geschieht zumeist nicht aus freiem Willen. Vorsicht, wenn dir jemand ein Glas rote Flüssigkeit anbietet!

17. WERWOLF ... wenn du ein Werwolf bist, d. h. ein Mensch, der sich bei Vollmond in einen Wolf verwandelt. In manchen Ländern glaubt man, dass ein Werwolf nach seinem Tod als Vampir zurückkehrt. Bestimmte Namen, die in den slawischen Ländern und Griechenland für Vampire verwendet werden – zum Beispiel Vukodlak, Volkodlak, Vrykolakas –, benutzte man ursprünglich auch für Werwölfe.

18. SCHLAFWANDELN ... wenn dein Bruder durch deine Schuld schlafwandelt. Lies ihm niemals Gruselgeschichten vor, sonst fängt er vielleicht vor Schreck zu schlafwandeln an und du bist der Dumme.

19. SELBSTMORD ... in Transsylvanien glaubt man, dass jemand, der Selbstmord begeht, zum Vampir wird.

VORFÄLLE NACH DEM TOD. DU WIRST EIN VAMPIR ...

20. KATZE ... wenn eine Katze über deine Leiche springt. Dann springt kurze Zeit später deine Leiche als Vampir aus dem Grab.

21. SCHATTEN ... wenn ein Schatten auf deinen Leichnam fällt. Bleibt zu hoffen, dass an dem betreffenden Tag die Sonne nicht scheint.

22. STEPPENWIND ... wenn der russische Steppenwind über deine Leiche weht. Also, sieh zu, dass du nicht in der russischen Steppe zu Tode kommst.

23. ERTRINKEN . . . wenn du ertrinkst. Gegenmaßnahme: möglichst schnell den Freischwimmer machen.

24. BEGRÄBNIS . . . wenn kein ordentliches Begräbnis stattgefunden hat. Erteile frühzeitig dem Bestattungsunternehmer die nötigen Anweisungen.

25. SCHATTENDIEBSTAHL . . . wenn dein Schatten gestohlen wird. Schattendiebstahl kommt meist innerhalb von Gebäuden vor. Dann hängt plötzlich der Schatten mit einem Nagel durch den Kopf an der Wand. Wie dies passieren kann, ist ein Rätsel. Dennoch solltest du deinen Schatten im Auge behalten.

■ UNERKLÄRLICH

Wenn man diese Liste betrachtet, ist es verwunderlich, dass man nicht an jeder Ecke einen Vampir trifft. Insbesondere auf die Ereignisse nach dem Tod hat man keinen Einfluss und kann daher nur das Beste hoffen. Aber schließlich ist der Vampir doch nur ein Mythos, nicht wahr? Auf jeden Fall brauchst du überhaupt keine Angst zu haben, wenn du an einem Samstag geboren bist. Samstagskinder werden nie Vampire, selbst dann nicht, wenn sie es wollen. Aus diesem Grund eignen sie sich hervorragend als Vampirjäger.

6. WIE MAN EINEN VAMPIR TÖTET

»Aber Arthur schreckte nicht zurück. Er sah aus wie ein Ebenbild von Thor, als sein Arm sich immer wieder hob und senkte und den Friede bringenden Pfahl immer tiefer hineintrieb . . .«

Aus: *Dracula* (1897) von Bram Stoker

Wer zufällig einmal einem Vampir gegenübersteht, sollte wissen, was in dieser Situation zu tun ist. Aber Wissen allein genügt nicht. Um den Vampir in die Enge zu treiben oder in eine Falle zu locken, musst du außerdem mutig, schlau, listig und scharfsinnig sein. Oft gilt es, ihn in seinem Versteck aufzustöbern. Hierfür sind Einfallsreichtum und Geduld nötig. Vampire sind nicht dumm und merken rasch, dass jemand Jagd auf sie macht. Bevor du dich versiehst, sind die Rollen vertauscht und der Vampir ist zum Jäger geworden, der *dich* in die Falle lockt.
Sieh ihm (oder ihr) niemals in die Augen, sonst bist du verloren. Du kannst versuchen davonzurennen, aber wahrscheinlich ist der Vampir schneller. Oder du tötest ihn, dann hat sich die Sache. Hierfür gibt es spezielle Methoden. Manchmal genügt es auch den Vampir vorübergehend außer Gefecht zu setzen oder ihn zu fangen. Insbesondere, wenn du Vampirjäger werden willst, musst du die nachfolgenden Anweisungen im Schlaf kennen!

■ 12 METHODEN EINEN VAMPIR ZU TÖTEN ODER AUSZUTRICKSEN

1. HOLZPFLOCK Die bekannteste ist die Pflock-Methode, wobei der Pflock möglichst aus Eschenholz sein sollte. Das Kreuz, an dem Christus gestorben ist, war angeblich aus Esche, daher die besondere Bedeutung dieser Holzart. Auch Eiche kommt in Frage, denn anderen Überlieferungen nach war das Kreuz Christi aus Eichenholz. Du hast die Wahl.
Auch ein zugespitztes Stuhlbein kannst du verwenden und selbst ein frisch gespitzter Bleistift ist besser als nichts. Der Pflock muss durch das Herz des Vampirs geschlagen werden, sodass dieser am Boden festgenagelt wird. Die Methode ist alt und erprobt

und wurde – wie aus Volkslegenden hervorgeht – bereits im fünfzehnten Jahrhundert angewendet. Später, in Filmen, genügte es, den Vampir zu durchbohren, ohne ihn am Boden festzunageln. Wie auch immer man vorgeht, das Ganze ist eine blutige Angelegenheit und der Vampir stößt dabei grässliche Schreie aus. Oropax und Fleckenentferner sind für den Vampirjäger keinesfalls überflüssige Utensilien. Wenn alles nach Plan läuft, zerfällt der Vampir zu Staub und du brauchst lediglich noch Kehrblech und Handfeger.
Wer keinen Holzpflock zur Hand hat, dem sei zu seiner Beruhigung gesagt, dass in dem Roman *Dracula* der Vampir am Ende mit einem Bowiemesser, einer Art Dolch, vernichtet wird.

2. KOPF AB Diese Methode ist ebenso unappetitlich wie die Sache mit dem Pflock und überdies auf lange Sicht oft nicht ausreichend. Am besten sollte man zusätzlich die Holzpflock-Methode anwenden und dem Bösewicht Knoblauch in den Mund stecken.
Es sind auch Fälle bekannt, in denen Toten der Kopf abgehackt und in Essig gekocht wurde.

3. TAGESLICHT Halte den Vampir bis zum Morgen mit Reden hin, lies ihm ein interessantes Buch vor, gib ihm ein Kreuzworträtsel zu lösen. Oder öffne mitten am Tag seinen Sarg. Dann verschwindet er wie Schnee in der Sonne.

4. FEUER Verbrennen ist ebenfalls eine wirkungsvolle Methode. Am besten funktioniert sie, wenn der Vampir in seinem Sarg liegt und schläft – so brauchst du nicht einmal nachts aufzubleiben. Du musst den Sarg zuvor mit Seilen oder Ketten umwickeln, sonst klappt es nicht. Denn die Gefahr besteht, dass der Vampir das Feuer riecht, aufwacht und zu entkommen versucht. Sei also nicht zu sparsam mit dem Seil, bevor du das Ganze in Brand steckst.

5. EIN BAD IN WEIHWASSER UND KNOBLAUCH Wenn der Vampir nicht in die Wanne will, lässt du einfach seinen Sarg mit Weihwasser voll laufen, während er schläft. Vampire haben eine Heidenangst vor allem, was aus der Kirche stammt. Wenn ihre Haut mit dem geweihten Wasser in Berührung kommt, entstehen Brandwunden.

6. KRUZIFIX Damit kann man in manchen Gegenden des Balkans sehr junge Vampire töten. Ältere weichen lediglich vor dem Kreuz zurück. Wenn du ihre Haut damit berührst, wird sie an dieser Stelle versengt. Vampire, die keine christliche Erziehung genossen haben, fürchten sich nicht vor Kruzifixen, möglicherweise aber vor den Symbolen anderer Religionen, zum Beispiel dem jüdischen Davidsstern.

7. SILBERKUGEL Diese Methode wendet man eigentlich bei Werwölfen an, doch sie funktioniert auch bei Vampiren. Hauptsächlich bei solchen, die früher Werwölfe waren (siehe Kapitel 5, WIE MAN EIN VAMPIR WIRD). Auf jeden Fall muss die Silberkugel von einem Priester geweiht sein. Nachdem du sie mit einer Pistole auf den Vampir abgefeuert hast, solltest du seinen Körper unbedingt vom Mondlicht fern halten, sonst wird er wieder lebendig und du kannst noch einmal von vorn anfangen. Ein Sonnenschirm leistet gute Dienste.

8. KNOBLAUCH Wirkt nur in Kombination mit den Methoden

Holzpflock und Kopf abhacken. Knoblauch gilt von alters her als Abwehrmittel gegen Schlangen, Skorpione, Hexen und Vampire. Dennoch solltest du mit Knoblauch vorsichtig umgehen. Im Jahr 1973 wurde in der englischen Stadt Stoke-on-Trent ein polnischer Einwanderer namens Demetrious Myiciura tot aufgefunden. Der Mann glaubte an Vampire und hatte sich als Vorsichtsmaßnahme über Nacht Knoblauch in den Mund gesteckt. Er hatte jedoch das Pech, dass eine Knoblauchzehe in seinem Hals stecken blieb und er im Schlaf erstickte. Seine Vampirangst wurde ihm zum Verhängnis.

9. EINE WEIHWASSER-SPRITZE Riskant. Bei dieser Methode musst du dich ganz nah an den Vampir heranschleichen. Idealerweise solltest du Erfahrung als Arzthelfer oder -helferin haben. Sobald du dem Vampir das Weihwasser injiziert hast, verbrennt er innerlich bei lebendigem Leib.

10. IN EINE FLASCHE EINSPERREN Dies ist eine sehr schwierige Kunstfertigkeit, die nur bulgarische und malaysische Zauberer beherrschen. Zu seinem Schutz trägt der Zauberer das Bildnis eines Heiligen bei sich, dann legt er sich auf die Lauer. Wenn der Vampir auftaucht, treibt er ihn mithilfe eines Talismans (d. h. eines heiligen Gegenstands) zu einer Flasche hin, die mit der Lieblingsspeise des Vampirs gefüllt ist – mit Blut. Dem Vampir bleibt keine Wahl: Das Blut zieht ihn magisch an, sodass er gar nicht anders kann als in die Flasche zu steigen. Der Zauberer verschließt sie mit einem Korken und wirft sie ins Feuer und der Vampir wird in den Flammen vernichtet. Ganz schön gewitzt, die bulgarischen und malaysischen Zauberer …

11. DHAMPIR (siehe auch Kapitel 3, DER VAMPIR UND SEINE FAMILIE) Wenn du lieber einen Fachmann einschalten willst, dann schlage die Gelben Seiten beim Buchstaben D auf und beauftrage einen Dhampir, den Sohn eines Vampirs. Schließlich ruft man auch einen Klempner, wenn es größere Probleme mit dem Abfluss gibt. Jeder tut, was er am besten kann. Frage den Dhampir zuvor, wie es mit der Garantie aussieht, damit du nicht zweimal bezahlen musst, falls beim ersten Mal etwas schief geht. Also genau wie beim Klempner.

12. LINKE SOCKE Dies ist eine eher ungebräuchliche Methode, die nur in Einzelfällen funktioniert. Stiehl dem Vampir die linke Socke, fülle sie mit Graberde oder Steinen und wirf sie weit draußen vor der Stadt in einen Fluss. Voraussetzung: Der Vampir muss Socken tragen.

■ SCHLAU, LISTIG UND SCHARFSINNIG

Nachdem du dir dies alles gründlich hinter die Ohren geschrieben hast, solltest du dich kritisch fragen, ob du schlau, listig und scharfsinnig genug bist, um es als Vampirjäger zu versuchen. Manche Vampirjäger treten sehr mutig auf, vergessen aber schlagartig all ihr Wissen, sobald sie einem Vampir gegenüberstehen. Oder sie bekommen plötzlich Zweifel. Das ist gefährlich! Ein Vampirjäger darf niemals zweifeln. Wenn er dem Vampir mit einem Kruzifix zu Leibe rückt, glüht dieses auf. Zweifelt der Vampirjäger plötzlich an der Macht des Kreuzes, dann verschwindet das Glühen und damit die Wirkung. Und schließlich gibt es auch noch Vampirjäger, die im Ernstfall vor lauter Nervosität nicht mehr wissen, wo rechts und links ist und aus Versehen die rechte Socke des Vampirs stehlen.
Gründe genug, um ernsthaft über deine Eignung als Vampirjäger nachzudenken. Zur Not ist Klempner auch ein schöner Beruf.

7. DIE AUSRÜSTUNG DES VAMPIRJÄGERS

»Dann gibt es Dinge, die ihn so plagen, dass ihn seine Kraft verlässt, wie zum Beispiel Knoblauch ; und ferner gibt es heilige Dinge wie hier mein Kruzifix (. . .). Wenn etwa der Zweig eines wilden Rosenstrauches auf seinen Sarg gelegt wird, kann er nicht heraus ; eine geweihte Kugel, die man in seinen Sarg schießt, tötet ihn endgültig ; und was den durch den Körper getriebenen Pfahl angeht . . .«

Aus: *Dracula* (1897) von Bram Stoker

Wenn du dich nach gründlichem Überlegen für eine Laufbahn als Vampirjäger entschieden hast, musst du dir natürlich die nötigen Utensilien besorgen. Wie auch der Klempner kommt der Vampirjäger nicht ohne geeignetes Werkzeug aus. Gutes Werkzeug ist die halbe Arbeit. Zuerst musst du wissen, was alles gebraucht wird. Mit einer Saugglocke und einer Wasserpumpenzange kommst du nicht weit. Ein Vampirjäger braucht professionelle Hilfsmittel, die möglichst von einem Priester geweiht sein sollten. Vampire haben nämlich einen angeborenen Widerwillen gegen alles Heilige.
Seit der Zeit, als Vampire allgemein bekannt wurden, gibt es auch die Vampirjägerei. Früher traten die Vertreter dieser Zunft im Namen der Kirche auf, die auch Hexenjäger aussandte. Die heutigen Vampirjäger arbeiten auf eigene Rechnung und bedienen sich modernster Hilfsmittel wie Computer und Internet, um Vampire aufzuspüren.

■ VAMPIRDZHIJA

Ein gutes Beispiel für einen Vampirjäger ist der bulgarische Vampirdzhija oder Djadadjii. Seine wichtigste Aufgabe bestand darin, das Grab des Vampirs ausfindig zu machen. Die Schmutzarbeit überließ er den Dorfbewohnern, die ihn beauftragt hatten: Pfählen oder verbrennen mussten sie den Vampir selbst.

■ ABRAHAM VAN HELSING

Der professionelle Vampirjäger, der dem Vampir mit einer Tasche voller Waffen und einem Kopf voller Wissen zu Leibe rückt, wurde erstmals von Bram Stoker in seinem Roman *Dracula* beschrieben. Er heißt Abraham van Helsing. Dracula ist der bekannteste Vampir,

Van Helsing der bekannteste Vampirjäger. Sein Wissen hatte er sich in jahrelanger Forschungsarbeit über Vampire auf der ganzen Welt angeeignet.

■ 17 UNVERZICHTBARE DINGE FÜR DEN VAMPIRJÄGER

Damit der Vampirjäger mit dem nötigen Selbstvertrauen auf die Jagd gehen kann, braucht er als Standardausrüstung die folgenden Gegenstände:

1. HAMMER Dieser wird benötigt, um den Holzpflock durch das Herz des Vampirs zu treiben.

2. HOLZPFLOCK Hast du keinen Holzpflock dabei, nützt dir auch der Hammer nichts. Nimm stets mehrere Pflöcke mit, falls es nicht auf Anhieb klappt. Und denk daran: Am besten ist Eschenholz.

3. KNOBLAUCH Hier gilt die Devise »Viel hilft viel!« Schmier dir das Zeug notfalls ins Haar. Je schlimmer es stinkt, desto besser.

4. WEIHWASSER Einige Flaschen Weihwasser können nicht schaden. Der Vampir hat eine Höllenangst davor, dass sein schöner weißer Teint durch das gesegnete Wasser Schaden nimmt.

5. KRUZIFIX Mit einem Kreuz und einem unerschütterlichen Glauben hältst du dir jeden Vampir vom Hals. Du kannst einen Vampir damit sogar in eine Ecke treiben und dort festhalten, bis die Sonne aufgeht. Auch eine Bibel ist nützlich, wie der Film *Tanz* *der Vampire* (1967) beweist: Als der Vampir zubeißen will, schiebt ihm einer der Vampirjäger eine Bibel in den Mund.

6. SEILE UND/ODER KETTEN Diese bindest du um den Sarg des Vampirs, damit er gefangen ist. Danach zündest du in aller Ruhe ein Feuer unter dem Sarg an oder lässt ihn mit Weihwasser voll laufen.

7. BRECHSTANGE Zum Aufbrechen von Türen oder zugenagelten Fenstern, hinter denen der Vampir sich versteckt hat.

8. TASCHENLAMPE Vampire verstecken sich meist an dunklen Orten. Sie können in der Dunkelheit sehen, du dagegen nicht: Eine Taschenlampe ist deshalb unverzichtbar. Vergiss die Batterien nicht!

9. SILBERKUGEL An eine Silberkugel heranzukommen ist schwierig. Eventuell kannst du die Silbergabeln deiner Mutter umschmelzen lassen. Und nicht vergessen: Die Kugel muss von einem Priester geweiht werden.

10. PISTOLE Sie wird zum Abfeuern der Silberkugel benötigt, muss selbst aber nicht aus Silber sein.

11. TASCHENSPIEGEL Den brauchst du zur Kontrolle, ob der Verdächtige tatsächlich ein Vampir ist, also kein Spiegelbild hat.

12. BEIL Ein Beil benötigst du, um aus dem Sarg Kleinholz zu machen. Oder um dich selbst aus heiklen Situationen zu befreien. Die Vampirjagd führt dich oft an düstere, ungemütliche Orte wie

Keller, Dachböden, Lagerhäuser usw., wo die Gefahr besteht eingeschlossen zu werden. In einem solchen Fall ist das Beil dein bester Freund.

13. SÄGE Wie oben. Nur eben zum Sägen.

14. STREICHHÖLZER ODER FEUERZEUG Wichtig, wenn du die Methode »Verbrennen« anwenden willst.

15. ZWEIGE VON WILDEN ROSEN Wenn du diese auf den Sarg legst, kann der Vampir nicht heraus.

16. GETREIDEKÖRNER Falls ein Vampir dich verfolgt, dann streue die Körner hinter dich. Vampire sind zwanghafte Zähler und werden dich über das Aufsammeln und Zählen vollkommen vergessen. Auch Reiskörner eignen sich.

17. HANDY Damit du zu Hause anrufen kannst, falls es etwas später wird. Eventuell auch nützlich, um andere Vampirjäger herbeizurufen, wenn du zum Beispiel entdeckst, dass dir ein wichtiges Werkzeug fehlt oder dass du statt deiner Vampirjägertasche versehentlich den Strickbeutel deiner Mutter mitgenommen hast.

■ HUMOR

Wenn der Vampirjäger sich an die Regeln hält, muss er diese Gegenstände stets in einer großen schwarzen Tasche bei sich haben. Ein Rucksack tut's natürlich auch und selbst ein Gitarrenkoffer ist erlaubt. Empfehlenswert ist eine lange Jacke, weil man an deren Innenseite mit Schlaufen verschiedene Waffen befestigen kann.

Außerdem braucht der Vampirjäger eine gute Portion Kaltblütigkeit. Und Sinn für Humor, damit er sich in schwierigen Situationen nicht unterkriegen lässt. Ein bekannter Witz unter Vampirjägern lautet so:

Wie bekommt man einen Vampir aus seinem Sarg?

Antwort: Deckel auf, Vampir raus, Deckel zu!

Zugegeben, der Witz ist albern, aber jedenfalls ist er kurz. Für lange Witze bleibt meist keine Zeit, wenn man Vampire jagt.

FREUNDE Ein vernünftiger Vampirjäger reibt sich von Kopf bis Fuß mit Knoblauch ein. Der Nachteil: Vampirjägern passiert es nur selten, dass sich jemand in sie verliebt.

GRUPPE Insbesondere Anfänger sollten nicht sofort allein losziehen. Eine Gruppe Vampirjäger hat bessere Chancen. Aber täusche dich nicht! Das Jagen in einer Gruppe ist auch mit Nachteilen verbunden. Wenn der Vampir ein Gruppenmitglied schnappt, kann Panik ausbrechen. Und Panik ist fatal, denn sie verhindert kaltblütiges Handeln und verschafft dem Gegner einen Vorteil. Wichtig ist daher, dass jeder Einzelne kaltblütig, schlau, listig und scharfsinnig ist und bleibt.

ENGLISCHE VAMPIRJÄGER Nicht alle Geschichten über Vampirjäger stammen aus früheren Jahrhunderten. Im Jahr 1970 gab es einen berüchtigten Vampirfall in England. Auf dem Londoner Friedhof Highgate waren angeblich mehrere Menschen von einem zwei Meter großer Vampir angegriffen worden. Eine Gruppe von Forschern ging der Sache nach, aber sie wurden noch auf dem Friedhof wegen Vampirjagd und Grabschändung festgenommen. Der Leiter der Gruppe, David Farrant, der sich selbst nicht als

Vampirjäger bezeichnet, sondern als Forscher auf dem Gebiet paranormaler (d. h. übernatürlicher) Phänomene, sagte später, auf dem Friedhof habe sich kein Vampir befunden, sondern ein anderes Spukwesen, vermutlich eine Art Geist. Farrant schrieb 1991 ein Buch über den Vorfall: *Beyond the Highgate Vampire* (= Was hinter dem Vampir von Highgate steckt), in dem er die Begebenheiten auf dem Friedhof aus seiner Sicht erklärt.

SCHMUTZIG BRAUNE ÜBERRESTE Im Jahr 1973 wurde die Vampirjagd auf dem Friedhof Highgate fortgesetzt. Sean Manchester, heute Bischof der Altkatholischen Kirche in England, verfasste 1985 darüber ein Buch: *The Highgate Vampire* (= Der Vampir von Highgate). Er berichtet darin, dass er 1973 auf dem bewussten Friedhof tatsächlich einen Vampir getötet habe, indem er ihm einen Holzpflock durch das Herz schlug. Der Vampir habe einen grässlichen Schrei ausgestoßen, sei in sich zusammengefallen und schließlich sei nur noch eine schmutzig braune Masse von ihm übrig geblieben. Sein Sarg wurde verbrannt und Manchester gründete die Vampire Research Society, eine Vereinigung, deren Mitglieder sich sehr ernsthaft mit Vampirforschung befassen.

RÄTSELHAFT Was genau sich nun 1973 auf dem Friedhof Highgate zugetragen hat, bleibt unklar und rätselhaft. Ging dort wirklich ein mysteriöses Wesen um? Und war es ein Vampir … oder doch ein Geist? Oder basiert vielleicht auch diese Geschichte auf dem Vampirmythos? Fest steht jedenfalls, dass *in der Vorstellung* vieler Menschen auf dem Friedhof ein Vampir existierte. Wir wollen deshalb sicherheitshalber zwei Testmethoden unter die Lupe nehmen.

TOTE KRÖTE Ein alte Methode funktioniert folgendermaßen: Wenn du jemanden verdächtigst ein Vampir zu sein, dann vergrabe vor seiner Haustür eine tote Kröte. Nach ein paar Tagen, wenn der Verdächtige mehrmals die betreffende Stelle überschritten hat, gräbst du die Kröte wieder aus. Lebt sie, so handelt es sich bei dem Bewohner des Hauses tatsächlich um einen Vampir (oder er hat von einem solchen Besuch gehabt), denn Vampire können tote Kröten wieder zum Leben erwecken, indem sie über ihr Grab gehen.

WEISSES PFERD Willst du feststellen, ob auf einem Friedhof ein Vampir begraben ist, brauchst du alten Legenden zufolge ein weißes Pferd. Du nimmst es mit auf den Friedhof und lässt es dort laufen. Wenn das Tier vor einem bestimmten Grab scheut und sich aufbäumt, kannst du sicher sein, dass darin ein Vampir liegt. Weiße Pferde weigern sich Boden zu überschreiten, in dem ein Untoter begraben ist.

Wenn möglich, sollte man daher als Vampirjäger immer einen Schimmel dabeihaben. Manche Menschen behaupten sogar, der heilige Nikolaus auf seinem weißen Pferd sei in Wirklichkeit ein verkappter Vampirjäger gewesen.

8. ZWEI BLUTRÜNSTIGE GESTALTEN

»Hie facht sich an gar ein graussemliche erschrockenliche hystorien von dem wilden wütrich Dracole wayde. Wie er die leut gespitst hat. und gepraten. und mit den haübtern yn einem kessel gesoten. un wie er die leut geschunden hat un zerhacken lassen als ein kraut.«

Aus: *Von dem bösen Tyrannen, Fürst Dracula* (1499) von Ambrosius Huber

■ DER ECHTE DRACULA

Vampire kommen eigentlich nur in Geschichten vor, aber Dracula hat es wirklich gegeben. Er war kein Graf, sondern ein Fürst. Und er war kein Vampir, sondern ein blutrünstiger Herrscher. Geboren wurde er im Jahr 1431 in Sighisoara (Schässburg) in Transsylvanien, das heute zu Rumänien gehört. Sein eigentlicher Name lautete Vladislav und wurde meist zu Vlad abgekürzt. Er hatte zwei Beinamen: Dracula und Tepes.

DRACULA Den Namen Dracula, was kleiner Drache oder kleiner Teufel bedeutet, bekam er, weil sein Vater Dracul (Drache oder Teufel) genannt wurde. Draculas Vater, Vlad II., verdankte seinen Beinamen seiner Mitgliedschaft im Drachenorden, einer Geheimbruderschaft, die sich dem Kampf gegen die Türken verschrieben hatte.

Vlad III. war Fürst der Walachei, einer Provinz im heutigen Rumänien. Zu seiner Zeit war diese Gegend Schauplatz von Gefechten zwischen Türken und Ungarn. Die Türken versuchten ganz Europa zu erobern. 1453 nahmen sie Konstantinopel (heute: Istanbul) ein. In den darauf folgenden Jahren verlagerten sich die Kämpfe in die Balkanländer (in das ehemalige Jugoslawien sowie nach Albanien und Rumänien). Weiter kamen die Türken zunächst nicht, denn sie blieben immer wieder in der Walachei stecken. Draculas Lebensgeschichte ist also eng mit dem türkisch-walachischen Krieg verknüpft.

TEPES Der Beiname Tepes bedeutet Pfähler und hat einen grausigen Hintergrund. Fürst Vlad III. war dafür bekannt (oder besser berüchtigt), dass er Gefangene und Verbrecher zu hunderten hinrichtete, indem er sie auf lange, spitze Pfähle spießen ließ. Auf gleiche Weise verfuhr er mit Untertanen, die ihm nicht passten. Auf einem berühmten Kupferstich ist Dracula zu sehen, wie er inmitten eines Waldes aus Pfählen, an denen seine Opfer sich winden, ein Festmahl hält. Man erzählt, dass sich einst ein Gast über den Blutgeruch beschwerte. Daraufhin ließ Dracula ihn an einem besonders langen Pfahl aufspießen, damit der Geruch ihn nicht mehr belästigen konnte. Dracula war zweifellos ein Sadist mit einem perversen Sinn für Humor. Doch er war mehr als nur dies.

VOLKSHELD In Rumänien gilt Dracula als Held, als eine Art Vaterfigur. 1976 kam sogar eine Briefmarke heraus, auf der ein auffallend freundlich dreinblickender Dracula abgebildet war. Seine Popularität bei den Rumänen rührt daher, dass er sich im Kampf gegen die Türken als äußerst tapferer Krieger erwiesen hatte. Überdies stand er im Ruf sehr gerecht zu sein. Auch über diese Seite seiner Persönlichkeit gibt es viele Geschichten. Eine davon lautet so:

Eines Tages kam ein Händler zu Dracula und führte Klage, weil ihm 160 Dukaten aus seiner Kutsche gestohlen worden waren. Dracula sagte zu dem Mann: »Warte nur ab, heute Nacht bekommst du all dein Gold zurück.«

In der Nacht stellten seine Leibwachen den Dieb. Dracula befahl seinen Dienern das gestohlene Gold zurückzubringen, jedoch mit einem Unterschied: Statt 160 Dukaten ließ er dem Händler 161 überbringen. Am nächsten Morgen zählte dieser frohgemut sein Geld und stellte fest, dass ein Dukaten zu viel war. Er teilte dies Dracula mit, der daraufhin sagte: »Geh in Frieden. Hättest du mir verschwiegen, dass du einen Dukaten zu viel bekommen hast, so hätte ich dich neben dem Dieb pfählen lassen.«

FÜRST DRACULA Im Jahr 1448 wurde Dracula als Nachfolger seines Vaters Fürst der Walachei. Schon zwei Monate später wurde er verjagt. 1456 bestieg er erneut den Thron – diesmal dauerte seine Herrschaft sechs Jahre, bis 1462. Die meisten Geschichten, die sich um seine Person ranken, stammen aus dieser Zeit.
Im November 1476 erlangte er zum dritten Mal den Herrschertitel. An der Seite des Fürsten Stephan Báthory von Transsylvanien kämpfte er gegen die Türken und ging siegreich aus der Schlacht hervor. Dracula hielt Einzug in das Schloss bei Bukarest und Fürst Stephan zog mit seinem Heer in die Heimat zurück. Die Türken griffen jedoch erneut an und im allgemeinen Durcheinander gelang es einem Meuchelmörder, Fürst Dracula zu erstechen. Die Türken schlugen ihm den Kopf ab und nahmen diesen im Triumph mit nach Konstantinopel, wo der Sultan das Fürstenhaupt auf einem Pfahl zur Schau stellen ließ, damit alle sehen konnten, dass Kaziklu Bey (der Pfähler) tatsächlich tot war.

VAMPIRTOURISMUS Dank Dracula entstand in Rumänien ein reger Vampirtourismus. Man kann die Ruine des Dracula-Schlosses besuchen, die im Gebirge über dem Fluss Arges liegt, sowie die Überreste seines Palastes in Tirgoviste. Viele Souvenirs gibt es nicht zu kaufen, nur Dracula-Wein und einen Spielvampir. Zu einer Dracula-Tour gehört ferner ein Besuch seines Geburtsorts Sighisoara und seiner Grabstätte im Kloster Snagov. Mit Letzterer hat es eine merkwürdige Bewandtnis.

GEHEIMNISVOLL Der Überlieferung nach wurde Dracula im Kloster Snagov, das auf einer kleinen Insel liegt, begraben. Im Jahr 1931 öffnete man sein Grab: Es war leer. In einem zweiten Grab in der Klosterkirche fand man ein Skelett, Überreste eines purpurroten

Gewandes sowie eine Menge Juwelen. Dracula konnte es nicht sein, denn das Skelett war vollständig, sprich, der Kopf war vorhanden. Man brachte das Skelett in ein Museum, aus dem es später auf mysteriöse Weise verschwand. Draculas Leiche wurde nie gefunden. Ob er doch ein Vampir war? Diese Frage wird sich wohl nie endgültig beantworten lassen.

■ DIE BLUTGRÄFIN

Ein anderer »echter« Vampir – diesmal eine Dame – stammt ebenfalls aus Transsylvanien. Sie verbrachte allerdings die meiste Zeit ihres Lebens in der heutigen Slowakei.

GRÄFIN BÁTHORY Elisabeth Báthory wurde 1560 geboren und war bereits als Kind schwierig. Sie hatte Ausbrüche von Jähzorn, und wenn sie wütend war, verlor sie jegliche Beherrschung. Andere Kinder fürchteten sich vor ihr. Mit fünfzehn Jahren heiratete sie den Grafen Ferenc Nadasdy und lebte nach ihrer Eheschließung auf Schloss Sarvar. Ihr Gatte befand sich meist auf Feldzügen und war nur selten zu Hause, sodass die junge Gräfin sich ziemlich langweilte. Zu ihrer Unterhaltung ließ sie Menschen aus dem Volk auf ihr Schloss bringen und folterte sie zu Tode. So begann ihre Schreckensherrschaft.
Niemand hinderte sie an ihrem Tun – schließlich war sie die Gräfin und konnte mit den Untertanen, die auf ihren Ländereien wohnten, nach Belieben umspringen. Ihr Mann war übrigens um kein Haar besser. Wenn er sich zu Hause aufhielt, leistete er seiner Frau Gesellschaft und brachte ihr sogar neue Foltermethoden bei, mit denen sie die Menschen noch mehr quälen konnte. Nach dem Tod des Grafen im Jahr 1604 ließ sich Elisabeth auf Schloss Cachtice

nieder. Hier begann die zweite und letzte Phase ihrer Schreckensherrschaft.

DIE EWIGE JUGEND Eines Tages wurde Elisabeth von einer jungen Dienerin gekämmt, die versehentlich etwas grob an ihren Haaren zog. Die Gräfin fuhr wütend herum und schlug dem Mädchen so hart ins Gesicht, dass an ihrer Hand Blut herablief. Fasziniert starrte Elisabeth ihre Hand an: Die Haut schimmerte und wirkte auf einmal viel jünger. Vielleicht war Blut das Mittel, das die ewige Jugend ermöglichte? Ein grausamer Plan reifte in ihrem Kopf heran.
Von da an ließ die Gräfin regelmäßig junge Mädchen töten und badete anschließend in deren Blut. Insgesamt brachte sie 650 Mädchen um. Natürlich hatte sie mit der Zeit immer größere Schwierigkeiten neues Personal zu bekommen.

STRAFE Dann beging sie einen Fehler, der ihr zum Verhängnis werden sollte: Sie ließ adlige Mädchen entführen. Solange die Gräfin Bauerntöchter und Dienerinnen, also »einfache« Menschen, getötet hatte, störte dies die Adligen nicht. Aber nun, da ihre eigenen Kinder in Gefahr waren, setzten sie sich zur Wehr.
Im Dezember 1610 wurde Elisabeth gefangen genommen. Der Prozess dauerte nicht lange. Die Helfer der Blutgräfin richtete man auf grausame Weise hin und sie selbst wurde, weil sie dem Adel angehörte, zu lebenslanger Haft verurteilt. Man brachte sie in ein Zimmer, das man anschließend zumauerte. Der Raum hatte keine Fenster, nur eine schmale Öffnung für Luft und Essen. Drei Jahre später war Elisabeth Báthory tot.

FILME Über Elisabeth Báthory wurden mehrere Filme gedreht.

Der beste ist zweifellos die Hammer-Produktion *Comtesse des Grauens* (1971) (siehe auch Kapitel 13, DER VAMPIR IN FILM UND FERNSEHEN). Er gibt die »mörderische Laufbahn« dieser Blutgräfin relativ wirklichkeitsgetreu wieder.

KRANK Zu Lebzeiten stand Elisabeth bereits in dem Ruf ein Werwolf zu sein. Nach ihrem Tod glaubten viele Menschen, sie sei ein Vampir geworden. In Wirklichkeit hatte sie – genau wie Fürst Vlad III. Dracula – eine krankhafte sadistische Veranlagung. Zu einer Zeit, in der das Leben einfacher Menschen nichts galt, konnten solche perversen Adligen bedenkenlos ihr Unwesen treiben. Zum Glück liegt diese Zeit weit hinter uns!

9. DIE VAMPIRFLEDERMAUS

»Aber bald wandelten sich meine Empfindungen zu Abscheu und Entsetzen, als ich sah, wie der ganze Mann langsam aus dem Fenster herausstieg und an der Schlossmauer hinabkletterte, und zwar mit dem Kopf nach unten über dem schrecklichen Abgrund hängend, wobei sich sein Mantel wie ein großes Flügelpaar um ihn bauschte . . .«

Aus: *Dracula* (1897) von Bram Stoker

Bestimmt kennst du folgende Situation: Es ist Abend und plötzlich fällt dir ein, dass du noch einen Brief einwerfen musst. Widerwillig greifst du nach deiner Jacke. Viel lieber würdest du vor dem Fernseher sitzen bleiben und dir *Vampire in Brooklyn* anschauen, einen witzigen Vampirfilm mit Eddie Murphy. Aber du hast deiner Mutter versprochen den Brief noch heute Abend abzuschicken. Also schlüpfst du in deine Jacke und machst dich auf den Weg.

Draußen ist es totenstill und reichlich neblig. Du schlägst den Kragen hoch, während du fröstelnd durch die graue Suppe gehst. Der Briefkasten ist an der Straßenecke, aber heute ist er kaum zu sehen. Sogar auf dem kurzen Stück Weg verirrst du dich beinahe; die Straßenecke scheint heute viel weiter entfernt als sonst. Plötzlich hörst du über dir ein Flattern. Es klingt fast wie Papiergeraschel. Du schaust hoch und siehst natürlich nichts. Oder doch? Hat sich da nicht etwas Dunkles bewegt, im Nebel, unter dem milchigen Licht der Straßenlaterne?

Gott sei Dank, da ist ja der Briefkasten! Du steckst den Brief in den Schlitz. In diesem Augenblick hörst du wieder das merkwürdige Geräusch. Direkt über dir. Flattert da ein Vogel, der sich im Nebel verirrt hat? Du drehst dich um und machst dich auf den Rückweg. Plötzlich hörst du einen schrillen Pfeifton. Haarscharf über deinem Kopf saust etwas vorbei. Einen Moment lang siehst du ein dunkles Wesen mit dreieckigen Ohren und Flügeln, die wie eine Schirmhaut zwischen Schultern und Pfoten aufgespannt sind.

Eine Fledermaus! Unwillkürlich läuft dir ein Schauder über den Rücken. Du denkst an Eddie Murphy und gleich darauf an einen Vampir. Eigentlich sollte man, wenn man im Dunkeln allein ist, besser nicht an Vampire denken. Im Dunkeln ist alles anders.

Schnell lässt du dir ein Rätsel einfallen, um dich abzulenken. Was ist der Unterschied zwischen einer Fledermaus und Eddie Murphy?

Eddie Murphy ist ein Schauspieler und kein Vampir. Eine Fledermaus ist kein Schauspieler und auch kein Vampir. Haha, guter Witz! Schließlich ist der Vampir doch nur ein Mythos. Oder etwa nicht? Nur in Büchern und Filmen sind Fledermäuse manchmal Vampire.
Als du weitergehen willst, steht auf einmal ein Mann vor dir. Er trägt ein schwarzes Cape, und als er lacht, werden zwei viel zu lange, blendend weiße Eckzähne sichtbar. Durch die Nebelschwaden siehst du seine roten Augen flackern. In diesem Moment wird dir klar, dass du den Film mit Eddie Murphy vergessen kannst. Und zwar für immer . . .

■ BLUTDURST

Ein Vampir kann die Gestalt unterschiedlicher Tiere annehmen, doch meist verwandelt er sich in eine Fledermaus. Wenn in einem Gruselfilm Fledermäuse über den Bildschirm huschen, weißt du, dass ein Vampir im Anmarsch ist.
Doch das war nicht immer so. Bis zum achtzehnten Jahrhundert gab es noch keinen Zusammenhang zwischen Vampir und Fledermaus.

■ BEISSWÜTIGE TIERCHEN

Die ersten europäischen Weltreisenden, die in Südamerika landeten, machten dort schon bald Bekanntschaft mit bissigen Fledermäusen. Dies geht aus Reiseberichten aus dem sechzehnten Jahrhundert hervor.
Morgens wachten sie zwischen blutbefleckten Laken auf und stellten fest, dass sie an Zehen, Fingern oder Ohren kleine Wunden

hatten. Sie waren in der Nacht von Blut saugenden Fledermäusen heimgesucht worden.
Diese Tiere beißen offenbar am liebsten in Hände, Füße oder Ohrläppchen, um Blut zu saugen. Ihr Biss ist jedoch so sanft, dass man davon nicht einmal aufwacht.

LE VAMPIRE Im Jahr 1756 entdeckte der französische Biologe Georges Louis Leclerc de Buffon in Südamerika eine Fledermausart, die kleine Mengen Blut zu sich nimmt. Der Begriff Vampir war damals bereits in ganz Europa bekannt. Weil diese Fledermäuse die gleiche Angewohnheit hatten wie die Vampire aus den Geschichten, taufte Leclerc de Buffon diese Art »le vampire«.

GEMEINSAMKEITEN Die Gemeinsamkeiten zwischen der Vampirfledermaus und dem Vampir sind auffällig: Beide lieben Blut, haben Flügel (bzw. ein schwarzes Cape) und besitzen scharfe Zähne. Sie scheuen das Licht und jagen in der Dunkelheit. So war es kein Wunder, dass die Fledermaus fortan in Büchern und Filmen *das* Tier war, in das sich der Vampir am liebsten verwandelte. In Bram Stokers Roman *Dracula* kommen Fledermäuse vor – Dracula gesellt sich mehrmals zu ihnen. Während Stokers Fledermäuse sehr große Wesen sind, ist die Vampirfledermaus jedoch ein eher kleines Geschöpf von ungefähr zehn Zentimetern Körperlänge.

■ DESMODUS ROTUNDUS

Vampirfledermäuse kommen hauptsächlich in den Wäldern und wüstenähnlichen Gegenden Südamerikas vor. Die bekannteste, die Gemeine Vampirfledermaus, hat den lateinischen Namen *Desmodus rotundus*. Daneben gibt es noch den Weißflügelvampir *(Diae-*

mus youngi) und den Kammzahnvampir *(Diphylla ecaudata)*. Alle drei ernähren sich hauptsächlich vom Blut von Rindern, Schafen oder Haustieren. Aber auch Menschenblut verschmähen sie nicht.

IM KRIECHGANG Die Vampirfledermaus geht nachts auf die Jagd. Ihrem Opfer, zum Beispiel einem Esel, nähert sie sich im Tiefflug. Dann lässt sie sich fallen und kriecht am Boden entlang zu ihm hin. Mit ihren vier scharfen Eckzähnen bringt sie ihm eine kleine Wunde bei und leckt anschließend mit ihrer aufrollbaren Zunge so lange Blut, bis sie satt ist. Vielleicht lässt sie noch einen kleinen Rülpser hören, bevor sie wieder davonfliegt. Der Esel merkt von dem Angriff überhaupt nichts.

PINKELN Neben den Gemeinsamkeiten zwischen Vampirfledermaus und Vampir gibt es auch einen Unterschied. Der kleine Blutsauger kann während des Fliegens pinkeln und tut dies für gewöhnlich auch. Über die diesbezüglichen Gewohnheiten von Vampiren ist nichts bekannt. Wir wissen nicht einmal, ob sie überhaupt pinkeln. Wenn du demnächst beim Abendspaziergang nasse Ohren bekommst, dann schau zur Sicherheit mal nach oben, ob vielleicht eine verirrte Vampirfledermaus über dir kreist.

■ KINDER

In Gegenden, in denen Vampirfledermäuse vorkommen, erzählt man sich Geschichten über riesenhafte Vertreter dieser Gattung, die Menschenblut trinken. Und in Mexiko hat man herausgefunden, dass Vampirfledermäuse am liebsten Kinder beißen, egal, ob Jungen oder Mädchen. Bei Erwachsenen dagegen bevorzugen sie Frauen.

DRACULIN Jetzt aber eine gute Nachricht! Wissenschaftler haben entdeckt, dass man aus dem Speichel von Vampirfledermäusen ein Medikament herstellen kann, das Blutgerinnsel in den Adern auflöst. Blutgerinnsel können Schlaganfälle (d. h. die Lähmung durch einen Bluterguss im Gehirn) sowie andere Leiden verursachen. Vampirspucke kann also Menschenleben retten! Das Medikament wird als Draculin bezeichnet, du weißt schon, nach wem. Ein Hoch der Vampirfledermaus!

■ FOSSILER VAMPIR

Vor nicht allzu langer Zeit haben Forscher in Venezuela fossile (d. h. versteinerte) Überreste einer großen, Blut trinkenden Fledermaus gefunden und dieser den Namen *Desmodus draculae* gegeben. Damit schließt sich der Kreis. Dracula, der Vampir aus dem Reich der Phantasie, ist endlich von der Wissenschaft entdeckt worden! Ein echter Vampir ist nun offiziell nach ihm benannt, auch wenn dieser bereits ausgestorben ist. Aber bei Vampiren weiß man ja nie . . .

WIRKLICHKEIT? Einige Wissenschaftler schrieben in einem Artikel über den Fossilienfund, dass *Desmodus draculae* möglicherweise heute noch existiere, irgendwo in unerforschten Gegenden Südamerikas. Wenn dem so ist, beruhen die Mythen über südamerikanische Riesenfledermäuse vielleicht doch auf wahren Begebenheiten. Man stelle sich nur einmal vor, alle Mythen hätten einen realen Hintergrund . . .

10. DIE KLASSISCHEN VAMPIRBÜCHER

»Die Gestalt zieht den Kopf des Mädchens bis zur anderen Bettkante hinüber, zerrt ihn ganz nach hinten, dann graben sich die fangartigen Zähne in den bloßen Hals — Blut spritzt, begleitet von gierigen Sauggeräuschen. Das Mädchen wird ohnmächtig, während der Vampir seine grauenvolle Mahlzeit hält ...«

Aus: *Varney, der Vampir oder das Fest des Blutes* (1840 – 1847) von James Malcolm Rymer

■ DIE ERSTEN UNHOLDE

In den Volkslegenden gibt es schon seit langer Zeit Vampire, in Büchern jedoch erst seit etwa zweihundert Jahren. Gegen Ende des achtzehnten Jahrhunderts erschienen die ersten Gruselgeschichten in Buchform. Anfangs ging es darin vor allem um Geister und andere Spukgestalten und die Handlung spielte meist auf Friedhöfen oder in alten Ruinen. Um 1800 kam erstmals ein Vampir in einer Geschichte vor. Zunächst als vage Gestalt, vor der sich jeder fürchtete – eigentlich nur als ein Gespenst, aber eben eines, das Blut trinkt. Im Lauf des neunzehnten Jahrhunderts entwickelte sich das blutrünstige Gespenst zum Vampir, wie wir ihn noch heute kennen.

■ DER VAMPYR

Die Entwicklung begann im Jahr 1819 mit der Novelle *Der Vampyr* von dem Engländer John Polidori. Das Buch war kein durchschlagender Erfolg und der Schriftsteller starb bereits zwei Jahre nach seiner Veröffentlichung.

ENTDECKUNG Lange Zeit ging man davon aus, dass Polidori über den mäßigen Erfolg seines Werkes so enttäuscht war, dass er Selbstmord beging. Der englische Gelehrte Professor Christopher Frayling fand jedoch heraus, dass diese romantische Geschichte nicht zutrifft. Polidori war in einen Kutschenunfall verwickelt und starb an den Verletzungen, die er sich dabei zuzog.

BEDEUTEND Trotz des schlechten Verkaufserfolgs ist Polidoris Buch von Bedeutung: nämlich als erste Geschichte der Welt mit einem Vampir als Hauptfigur. Überdies ist bei Polidori der Vampir – er heißt Lord Ruthven – keine unappetitliche, stinkende Leiche wie in den traditionellen Legenden oder eine Art Gespenst wie in früheren Büchern. Ruthven ist ein gut aussehender »Edelmann«, in den die Frauen sich auf den ersten Blick verlieben – und damit ist er der erste moderne Vampir. Jetzt waren Vampire »in« und das Publikum konnte gar nicht genug von ihnen bekommen.

■ VARNEY, DER VAMPIR

Der nächste Entwicklungsschritt war die Veröffentlichung von *Varney, der Vampir oder das Fest des Blutes*. Diese lange Geschichte erschien zwischen 1840 und 1847 episodenweise in Heftromanen und wurde später zu einem Buch zusammengefasst. Das in England publizierte Werk gilt als erster echter Vampirroman.

DIE HANDLUNG Die Geschichte Varneys beginnt mit dessen Besuch bei Flora Bannerworth. Er schlägt seine messerscharfen Zähne in ihren Hals und ab diesem Augenblick strömt das Blut buchstäblich über die Seiten. In der ersten Hälfte des Buches geht es um Varneys komplizierte Beziehung zur Familie Bannerworth. Kompliziert deshalb, weil die Familienmitglieder seine Opfer sind, ihn aber zugleich gegen jeden, der ihn töten will, schützen. Alle Versuche den Vampir außer Gefecht zu setzen – und es sind nicht wenige! – schlagen fehl, weil Varney immer wieder durch das Licht des Vollmondes zu neuen Kräften kommt.
Die Zusammenhänge offenbaren sich erst allmählich im Verlauf der Geschichte. Wie sich herausstellt, heißt Varney in Wirklichkeit Mortimer und hat vor zweihundert Jahren seinen Sohn erschlagen. Zur Strafe für seine Tat wurde er in einen Vampir verwandelt. Nach

zahllosen Abenteuern findet er sein Ende, indem er in den Krater des Vesuv, eines noch aktiven Vulkans auf Sizilien, stürzt.

DER VERFASSER Die Geschichten über den Vampir Varney erschienen ohne Nennung des Verfassers. Bis heute sind sich die Experten uneinig, wer nun der Autor ist: Thomas Preskett Prest oder James Malcolm Rymer. Die meisten halten den Letzteren für den Autor, aber ganz sicher werden wir dies nie wissen.

NEU *Varney, der Vampir oder das Fest des Blutes* ist eine ziemlich öde, langatmige und komplizierte Geschichte, fügte jedoch dem damaligen Wissen über den Vampir neue Elemente hinzu. Die Hauptfigur, Sir Francis Varney, ist leichenblass, sofern er nicht gerade »gespeist« hat (dann ist seine Haut dunkelrot). Er hat lange, scharfe Zähne sowie lange Nägel und seine Opfer sind meist junge Mädchen. Außerdem kommt in dem Buch ein Schurke in einem schwarzen Cape vor, der Schlossmauern hinabkriecht und bei dessen Ankunft in England es unnatürlich heftig stürmte.
All dies sind »Zutaten«, wie sie ein halbes Jahrhundert später auch in *Dracula* Verwendung fanden, dem Buch Bram Stokers, das die Gestalt des Vampirs weltberühmt machte. Doch zuvor erschien noch ein anderes wichtiges Werk.

■ CARMILLA

Graf Dracula kennt so gut wie jeder, aber von Carmilla, seinem weiblichen Gegenstück, haben nur wenige Menschen je gehört. Dennoch war die Erzählung *Carmilla* für die Entwicklung des Vampirgenres von mindestens ebenso großer Bedeutung.
Immerhin wird hier ein weiblicher Vampir als Hauptfigur einge-

führt. Inzwischen hat das Beispiel vielfach Schule gemacht. Die Geschichte diente anderen Schriftstellern als Inspirationsquelle und wurde mehrfach verfilmt (siehe Kapitel 13, DER VAMPIR IN FILM UND FERNSEHEN).

LE FANU Der Verfasser von *Carmilla*, Joseph Sheridan Le Fanu, war wie Bram Stoker Ire. Zwischen 1845 und 1873 schrieb er insgesamt vierzehn Romane, meist Schauergeschichten. Im Jahr 1872 erschien der Band *In a Glass Darkly* (= In einem dunklen Spiegel), der fünf Erzählungen enthielt, die von Kritikern als seine besten bezeichnet wurden. Eine dieser Geschichten war *Carmilla*.

■ DIE HANDLUNG

Die Geschichte Carmillas wird von Laura erzählt, deren Nachnamen wir nicht erfahren. Laura ist englischer Abstammung und wohnt mit ihrem pensionierten Vater und zwei Gouvernanten, also zwei Gesellschafterinnen, in einem Schloss in der Steiermark im Süden Österreichs. Ihre nächsten Nachbarn sind der General Spielsdorf und seine junge Nichte, die dreißig Kilometer westlich leben. Dazwischen liegt das verfallene Schloss der Karnsteins, eines Adelsgeschlechts, das seit über hundert Jahren ausgestorben ist. Lauras früh verstorbene Mutter stammte von den Karnsteins ab.

Laura und ihr Vater führen ein ruhiges, zurückgezogenes Leben, bis eines Tages ein Brief von General Spielsdorf eintrifft. In dem Schreiben, das offenbar in großer Hast abgefasst wurde, berichtet der General, dass seine Nichte gestorben sei und dass er das »Ungeheuer« aufspüren wolle, das ihren Tod verursacht habe. Mehr steht nicht in dem Brief, aber Spielsdorf verspricht Näheres zu

erzählen, sobald er von seiner Reise zurückkehrt. Laura und ihr Vater sind bestürzt. Noch am gleichen Tag geschieht etwas Unerwartetes.
Die Sonne ist bereits untergegangen und Laura, ihr Vater und die Gouvernanten kehren gerade von einem Spaziergang zurück, als sie aus ihrer beschaulichen Stimmung gerissen werden. Eine Kutsche, die von vier Reitern begleitet wird, naht heran. Plötzlich wird eines der Zugpferde von Panik ergriffen, es bricht aus und die Kutsche kracht in einer Wegbiegung gegen einen Baum. Sie kippt um und Laura fürchtet bereits das Schlimmste. Aber offenbar ist der Unfall glimpflich ausgegangen. Zuerst steigt eine Dame aus und danach heben die Reiter ein bewusstloses Mädchen aus der Kutsche. Die Dame scheint unverletzt. Sie betont, sie könne ihre Reise nicht unterbrechen, da es »um Leben oder Tod« gehe, und bittet Lauras Vater das Mädchen – ihre Tochter – für einige Zeit aufzunehmen.
Lauras Vater ist einverstanden und die Dame verschwindet so schnell, wie sie gekommen ist. Das Mädchen kommt bald zu Bewusstsein und wird, von einer der Gouvernanten gestützt, ins Schloss geleitet. Sie wird zu Bett gebracht und die anderen sitzen noch eine Weile beisammen und sprechen über den Vorfall. Man ist von der Schönheit des Mädchens angetan, jedoch verwundert über ihre düsteren und zwielichtig scheinenden Bediensteten.
Und noch etwas ist seltsam. Als Laura die Fremde genauer betrachtet, erinnert sie sich plötzlich daran, dass sie deren Gesicht als sechsjähriges Kind in einem Traum gesehen hat. Und zwar in einem Alptraum! Laura ist vor Erstaunen buchstäblich sprachlos. Bevor sie etwas sagen kann, beginnt das Mädchen zu sprechen und verkündet ihrerseits, sie habe als Kind von Laura geträumt. Sie behauptet, dies sei ein gutes Omen, und bittet Laura ihre Freundin zu werden. Diese

ist unschlüssig: Einerseits hat sie Angst, andererseits fühlt sie sich auf geheimnisvolle Weise zu der Fremden hingezogen. Sie ist erleichtert, als das Mädchen endlich einschläft.
Am nächsten Tag hat die Fremde sich erholt und Laura will gern mehr über sie wissen. Aber das Mädchen erzählt nur wenig. Laura erfährt lediglich, dass sie Carmilla heißt, einer alten Adelsfamilie entstammt und irgendwo im Westen lebt. In den darauf folgenden Wochen verhält sich Carmilla mehr und mehr, als wäre sie in Laura verliebt. Diese ist anfangs ziemlich irritiert, aber allmählich empfindet auch sie Zuneigung für das Mädchen. Merkwürdigerweise wächst auf der anderen Seite zugleich ihre Abneigung. Vor allem Carmillas Küsse bringen Laura völlig aus dem Konzept. Sie findet diese Zärtlichkeiten abstoßend und steht dennoch in manchen Momenten vollkommen im Bann des Mädchens.
Auch in anderer Hinsicht verhält sich Carmilla mitunter recht seltsam. Nachts verschwindet sie manchmal aus ihrem Zimmer, obwohl es abgeschlossen ist. Als Erklärung gibt sie dann an, sie sei vermutlich Schlafwandlerin. Nicht jeder glaubt ihr. Eigentümlich ist auch ihre heftige Reaktion auf das Begräbnis einer jungen Bäuerin aus der Gegend. Carmilla wird überaus zornig, als Laura erzählt, die Frau sei gestorben, weil etwas sie in den Hals gebissen habe. Ebenso wütend reagiert sie, als ein vorbeiziehender Gaukler bemerkt, sie habe äußerst scharfe Zähne.
Carmillas Anwesenheit bringt nicht nur Lauras Gefühle durcheinander, sie leidet auch vermehrt unter Alpträumen. Immer wieder träumt sie in Hals und Brust gebissen zu werden: *»Die großen Augen näherten sich meinem Gesicht und plötzlich spürte ich einen stechenden Schmerz, so als drängen mir zwei lange Nadeln im Abstand von nur wenigen Zoll tief in die Brust. Ich erwachte mit einem Schrei. Im Schein der Kerze, die die ganze Nacht gebrannt hatte, sah ich eine weibliche*

Gestalt am Fußende des Bettes stehen, etwas rechts von der Mitte.«
Laura fühlt sich von Tag zu Tag schlechter.
Dann naht Rettung. General Spielsdorf kehrt von der Suche nach dem Mörder seiner Nichte zurück. Am Tag seiner Ankunft machen sich Laura und ihr Vater auf den Weg einen Geistlichen zu besuchen, der in der Nähe von Schloss Karnstein wohnt. Carmilla ruht noch, als die Gesellschaft aufbricht; sie soll später mit einer der Gouvernanten nachkommen.
Unterwegs begegnen Laura und ihr Vater General Spielsdorf, der ihnen eine erstaunliche Geschichte erzählt. Wie er berichtet, wurde seine Nichte das Opfer einer Vampirin, die ihnen bei einem Maskenball als Millarca vorgestellt wurde. Spielsdorfs Nichte fühlte sich auf Anhieb zu Millarca hingezogen. Als Millarcas Mutter (»die Gräfin«) unvermittelt aufbrechen musste – es ging angeblich um eine Angelegenheit auf »Leben oder Tod« –, bat sie Graf Spielsdorf ihre Tochter für einige Zeit aufzunehmen.
Der Rest ist leicht zu erraten. Millarca verhielt sich merkwürdig, die Nichte bekam schlimme Alpträume, wurde immer schwächer und starb schließlich. Aber der General hatte die Übeltäterin auf frischer Tat ertappt! Er hatte natürlich versucht Millarca zu töten, doch sie entkam und verschwand in der Nacht. Später fand er heraus, dass es sich bei der Vampirin um niemand Geringeren gehandelt hatte als um Mircalla, die Gräfin von Karnstein. Und jetzt, so berichtet Spielsdorf, sei er auf dem Weg nach Schloss Karnstein, um endgültig mit dem Ungeheuer abzurechnen. Als die Gesellschaft kurz darauf die Ruine erreicht, sehen sie Millarca – oder Carmilla, wie sie sich jetzt nennt – in eine düstere Kapelle treten.
Mithilfe eines alten Holzfällers und einiger Karten gelingt es dem General und dem professionellen Vampirjäger Baron Vordenburg

Mircallas Grabstätte ausfindig zu machen. Sie öffnen das Grab, und *»obwohl seit dem Begräbnis Mircallas hundertundfünfzig Jahre vergangen waren, zeigte ihr Gesicht die warmen Farben des Lebens«*. Der Körper der Vampirin schwimmt regelrecht in Blut. Ihr Herz wird mit einem spitzen Pfahl durchbohrt und ihr Kopf abgehackt. Anschließend werden Körper und Kopf verbrannt und die Asche in den Fluss gestreut.

Die Schreckensherrschaft der Vampirdame ist zu Ende. Doch Laura wird Carmilla, für die sie zwiespältige Gefühle hegt, niemals ganz vergessen können. Sie schließt ihren Bericht mit den Worten *»Und oft, wenn ich in Gedanken versunken war, bin ich hochgeschreckt und es war mir, als hörte ich an der Wohnzimmertür Carmillas leichten Schritt.«*

NEUE ELEMENTE Die Geschichte über Carmilla ist von großer Bedeutung, weil der moderne Vampir darin zum Teil neu typisiert wird. So werden bei Le Fanu die Opfer erst nach ihrem Tod zu Vampiren und er beschreibt den Vampir als sehr bleich und mit messerscharfen (nicht immer gut sichtbaren) Schneidezähnen ausgestattet.

DIE ANZIEHUNGSKRAFT DES VAMPIRS Die Vampirin Carmilla kann sich in ein Tier verwandeln, zum Beispiel in eine Katze, einen Wolf oder in eine Fledermaus. Ihre Opfer beißt sie in den Hals oder in die Brust.

Le Fanu betont die verführerische, fast schon hypnotische Wirkung des Vampirs auf sein Opfer. In der Geschichte verliebt sich Laura – wenn auch widerwillig – in Carmilla.

Sogar noch am Ende, als der General seine Geschichte erzählt hat und die böse Natur der »Freundin« offenbar ist, ändert sich nichts an Lauras Gefühlen. Dieser Umstand sollte sich zu einem der wichtigsten Elemente späterer Vampirgeschichten entwickeln.

FAMILIE Mit den Vampiren aus den alten Volkslegenden hat Carmilla gemeinsam, dass sie Familienmitglieder als Opfer wählt: Laura ist durch ihre Mutter eine entfernte Verwandte der Karnsteins.

■ DRACULA

Das berühmteste aller Vampirbücher ist und bleibt natürlich *Dracula* von Bram Stoker, das im Jahr 1897 erschien.

■ DIE HANDLUNG

Die enorm spannende Geschichte beginnt damit, dass ein junger englischer Anwalt namens Jonathan Harker zu einem gewissen Grafen Dracula nach Transsylvanien reist. Dracula hat in England das Anwesen Carfax Abbey erworben und Harker hat den Auftrag mit ihm zusammen den Kaufvertrag aufzusetzen. Dracula empfängt seinen Gast sehr höflich, verhält sich aber bald etwas merkwürdig. So muss Jonathan beispielsweise seiner Verlobten, Mina Murray, Briefe schreiben, in denen ausschließlich Positives steht.

Außerdem gibt Dracula dem jungen Anwalt zu verstehen, dass er in einem bestimmten Trakt des Schlosses nichts zu suchen habe. Als Harker eines Tages dennoch die verbotenen Räume betritt, wird er von drei bildschönen Frauen angegriffen. In dem Moment, als sie ihn beißen wollen, stürmt Dracula herein. Er stößt die Frauen beiseite und Jonathan wird ohnmächtig. Als er später in seinem

Bett wieder zu sich kommt, wird ihm klar, dass er sich in der Gewalt von Vampiren befindet.
Kurz darauf entdeckt er auch Draculas Versteck: *»In einem der großen Kästen nämlich ... lag auf einer Schicht frischer Erde der Graf! Er war entweder tot oder er schlief, das konnte ich nicht genau entscheiden – denn seine Augen standen offen und blickten steinern, waren aber nicht so glasig wie die eines Toten; seine Wangen besaßen, so bleich sie auch wirkten, die Wärme des Lebens und seine Lippen waren rot wie immer.«*
Ab diesem Moment überstürzen sich die Ereignisse. Harker muss im Schloss zurückbleiben, während der Graf nach England reist. Während dessen Abwesenheit kann er jedoch entkommen, indem er an der Schlossmauer hinabklettert.
Dracula erreicht England während eines heftigen Sturms. Sein Schiff strandet vor einem Ort namens Whitby und der Graf springt in Gestalt eines Wolfes von Bord. In Whitby halten sich gerade Harkers Verlobte Mina Murray und ihre Freundin Lucy Westenra auf. Um die Gunst der schönen Lucy bemühen sich mehrere junge Männer: Doktor Jack Seward, der Amerikaner Quincey Morris und Lord Arthur Holmwood. Nach einigem Hin und Her entscheidet sich Lucy für den reichen Arthur – kurz darauf wird sie Draculas erstes Opfer.
Doktor Jack Seward bemerkt, dass Lucy viel Blut verloren hat und versucht sie zu retten. Er bittet seinen alten Lehrmeister, Professor Abraham van Helsing aus Amsterdam, um Rat. Diesem ist rasch klar, dass ein Vampir die Hand im Spiel hat. Aber er kommt zu spät. Lucy stirbt.
Unterdessen macht sich Mina auf den Weg nach Budapest, wo ihr Verlobter Jonathan in einem Kloster gepflegt wird, in das er sich nach einigem Umherirren hat retten können.

Seward will zunächst nicht wahrhaben, dass Lucy ein Vampir geworden ist. Bis Van Helsing ihn zu ihrem Grab bringt: Als er sieht, dass Lucy noch immer am Leben ist und kleine Kinder anfällt, ist er überzeugt.

Die vier Männer beschließen das Mädchen endgültig zu töten. Mit Tränen in den Augen treibt Arthur Holmwood seiner Verlobten einen Pflock durchs Herz und erlöst sie so von ihrem Vampirdasein. Als die grausige Tat vollbracht ist, erinnert Van Helsing die anderen daran, dass es nun noch etwas zu tun gibt: den Verursacher zu jagen – Dracula.

Nachdem Jonathan und Mina (die in Ungarn geheiratet haben) zurückgekehrt sind, macht sich die gesamte Gruppe auf die Suche nach dem Unhold. Man mutmaßt, dass Dracula sich in Carfax Abbey aufhält, dem Landgut neben der Anstalt für Geisteskranke, deren Leiter Jack Seward ist. Die Männer durchsuchen das Anwesen, während Mina in der Klinik wartet. Dort wähnen sie die junge Frau in Sicherheit. Aber es kommt anders. Tatsächlich wird Mina kurze Zeit später von Dracula gebissen. In Carfax Abbey finden die Vampirjäger inzwischen nur leere Särge. Da Mina immer schwächer wird (Dracula beißt sie noch ein zweites Mal) und langsam zum Vampir zu werden droht, drängt die Zeit. Man muss Dracula finden.

Die Spur führt nach London, aber Dracula kann erneut fliehen. Es folgt eine Hetzjagd durch halb Europa, die schließlich auf Schloss Dracula in Transsylvanien endet. Dort kommt es zu einem kurzen, aber erbitterten Kampf mit den Zigeunern, die den Grafen schützen. Quincey Morris wird tödlich verletzt, kann jedoch noch mit einem großen Bowiemesser Draculas Herz durchbohren, während Jonathan ihm mit seinem Dolch die Kehle durchschneidet. In diesem Augenblick zerfällt Draculas Körper zu Staub und wird vom

Wind davongeweht. Mina ist gerettet und die Schreckensherrschaft des Grafen hat ein Ende.

EIN GUT GESCHRIEBENES BUCH *Dracula* ist ein spannendes und außergewöhnlich gut aufgebautes Buch. Die Handlung wirkt sehr realistisch, weil die Geschichte in Form von Tagebuchaufzeichnungen und Briefen erzählt wird. Auf diese Weise blickt der Leser den Beteiligten sozusagen über die Schulter.

TYPISCHE MERKMALE Fast alles, was wir heute für einen Vampir als typisch erachten, findet sich in *Dracula*: hypnotischer Blick, enorme Körperkraft, Abneigung gegen Knoblauch, Blässe, scharfe Zähne. Der Autor, Bram Stoker, hatte seine Hausaufgaben gut gemacht.

NEU Manche Elemente entnahm Stoker den alten Legenden: die Furcht vor Kruzifixen und Weihwasser sowie das fehlende Spiegelbild. Auch hatte er sich intensiv mit der Frage befasst, wie Vampire genau zubeißen. Bei ihm beißt der Vampir nicht, wie in früheren Büchern, mit den Schneidezähnen oder den Eckzähnen rechts und links. Auf diese Weise würde er nämlich in der Wunde hängen bleiben. Dracula beißt seine Opfer mit dem oberen und dem unteren Eckzahn einer Seite, genau wie ein Wolf. Daher rühren die zwei kleinen, nahe beieinander liegenden Bisswunden.

■ BRAM STOKER

EIN TRAUM Stoker, der im Jahr 1847 in Dublin geboren wurde, war als Kind schüchtern und kränklich und vergrub sich am liebsten hinter Büchern. Er wusste schon früh, dass er Schriftsteller werden wollte. Bevor er seinen Roman *Dracula* schrieb, verfasste er – neben vielem anderen – Gruselgeschichten für Kinder. Eines Nachts hatte er einen Alptraum, in dem er drei gespenstische Frauen um einen Mann kämpfen sah, bis ein alter Graf in Erscheinung trat und sagte: »Dieser Mann gehört mir . . .«

DER NÄCHSTE SCHRITT Diese Traumszene ließ Stoker nicht mehr los. Wer waren die Frauen? Um 1890 las er dann Le Fanus Buch *Carmilla* und bekam die Antwort: Die Frauen waren Vampirinnen! Sofort begann er mit den Notizen für ein neues Buch. Stoker lernte den ungarischen Gelehrten Arminius Vambery kennen. Bei einem gemeinsamen Abendessen erzählte dieser ihm von Vlad III., der den Beinamen Dracula führte, und Stoker war fasziniert (mehr über den echten Dracula findest du in Kapitel 8).

EIN PAAR FEHLER Stoker wollte mehr über diesen geheimnisvollen, blutrünstigen Herrscher erfahren. Dabei ging er ausgesprochen gründlich vor. Er las alles, was er über Dracula und über Transsylvanien finden konnte, und studierte Landkarten der Gegend. Allmählich nahm sein Roman Gestalt an. Leider unterliefen Stoker trotz seines Eifers ein paar Fehler: Dracula war ein Fürst, kein Graf, er kam aus der Walachei, nicht aus Transsylvanien und sein Schloss lag nicht am Borgo-Pass, sondern am Fluss Arges, fünfzig Kilometer weiter nördlich.

ERFOLG Während einer Ferienreise besuchte Stoker den Ort Whitby und hatte plötzlich die Idee Dracula nach England kommen zu lassen. Außerdem las er alles, was über Vampire zu finden war. Die Daten der Briefe und Tagebucheinträge stimmte er mit

dem Kalender des Jahres 1893 ab. Nach sieben Jahren war es so weit: Sein Roman war fertig. Der beste, den Stoker je geschrieben hat. Spätere Werke, wie *Das Schloss der Schlange*, kamen an dieses Meisterwerk nicht heran. *Dracula* war sofort ein Riesenerfolg. Noch zu Lebzeiten Stokers wurde der Roman achtmal neu aufgelegt.
Bis zum heutigen Tag ist *Dracula* das bedeutendste Werk der Vampirliteratur. Wenn du kannst, lies irgendwann einmal das englische Original. Über die zahlreichen Verfilmungen des Buches erfährst du in Kapitel 13 Näheres.

11. STOKERS NACHFOLGER

»Er zog seine Zähne so heftig zurück, dass die beiden schmerzenden Einstiche mir ungeheuer groß erschienen. Und dann beugte er sich über meinen willenlosen Kopf, nahm die rechte Hand von mir und biss sich selber ins Handgelenk. Das Blut schoss heraus und floss mir über Hemd und Rock und er sah es mit gespannten, leuchtenden Augen fließen.«

Aus: *Gespräch mit dem Vampir* (1976) von Anne Rice

■ HANNS HEINZ EWERS

Nach *Dracula* erschienen längere Zeit keine wirklich neuartigen Vampirbücher. Das einzige erwähnenswerte Werk aus der Zeit unmittelbar danach ist *Vampir. Ein verwilderter Roman in Fetzen und Farben,* das der deutsche Schriftsteller Hanns Heinz Ewers 1920 herausbrachte.

In dem Roman wird die Geschichte eines Mannes namens Frank Braun erzählt, der während des Ersten Weltkriegs nach Amerika geht, um Geld für das deutsche Heer aufzutreiben. Braun leidet an einer mysteriösen Krankheit und hat manchmal Probleme beim Sprechen. Mit der Zeit findet er heraus, dass sein Leiden sich bessert, wenn er das Blut seiner Freundin Lotte trinkt. Sie überlässt ihm ihr Blut freiwillig, um auf diese Weise dem Vaterland zu dienen.

Ewers' Buch ist so wichtig, weil darin erstmals ein Vampir amerikanischen Boden betritt. Bis zu diesem Zeitpunkt waren Vampirgeschichten in Europa angesiedelt.

■ RICHARD MATHESON

Ewers' Roman war wenig erfolgreich und ist heute nur noch einigen wenigen Liebhabern bekannt. Nach seinem Erscheinen vergingen fast dreißig Jahre, bis wieder ein wirklich großer Vampirroman veröffentlicht wurde. Dies geschah im Jahr 1954 und das Buch hieß *Ich, der letzte Mensch* (auch: *Ich bin Legende*). Sein Verfasser war der Amerikaner Richard Matheson. Seit Beginn seiner Schriftsteller-Laufbahn schrieb er gruselig angehauchte Sciencefictiongeschichten. *Ich, der letzte Mensch* gehört ebenfalls in diese Kategorie und vereint das Beste der beiden Richtungen.

DIE HANDLUNG Matheson erzählt in seiner alptraumhaften Geschichte von Bakterien, die sich von menschlichem Blut ernähren und allmählich alle Menschen in Vampire verwandeln. Alle, bis auf einen. Dieser eine ist Robert Neville. Die spannende Handlung spielt sich größtenteils in und um Nevilles Haus ab, das dieser zu einer sicheren Festung ausbaut. Allnächtlich lauert ihm eine Horde blutdurstiger Vampire auf, deren Anführer sein ehemaliger Nachbar ist. Zum Glück gelingt es Robert Neville, gegen diese »Vampirkrankheit« ein wirksames Heilmittel zu entwickeln.

VERKEHRTE WELT Die Idee, die Mathesons Roman zu Grunde liegt, ist wirklich ausgesprochen originell. In den meisten Geschichten machen viele Menschen Jagd auf einen Vampir. Hier ist es genau umgekehrt und der Leser fragt sich, wer nun eigentlich »normal« ist!
Richard Matheson hielt sich übrigens an die von Bram Stoker vorgegebenen Regeln. So sind die Bakterien äußerst empfindlich gegen Sonnenlicht und Knoblauch. Auch der Pflock kommt zum Einsatz, indem er die Wunde offen hält, damit die Bakterien absterben. Das Buch hat zwar ein Happyend, ist aber unglaublich spannend bis zur letzten Seite. Es wurde zweimal verfilmt (siehe Kapitel 13).

■ COLIN WILSON

Ein anderer lesenswerter Sciencefictionroman über Vampire trägt den Titel *Vampire aus dem Weltraum.* Sein Verfasser ist der Engländer Colin Wilson. Im Jahr 2080 nähert sich ein riesiges Raumschiff der Erde. Astronauten entdecken an Bord menschliche Leichen und bergen drei davon. Auf der Erde werden diese »Leichen«

plötzlich wieder lebendig. Wie sich herausstellt, handelt es sich um Vampire, die einer nicht menschlichen Rasse namens Nioth angehören. Nach viel Spannung und Grusel erweist sich am Ende des Buches, dass es zum Glück auch »gute« Nioth auf der Erde gibt, und mit ihrer Hilfe können die Vampire, die Ubboth-Sathla, letztendlich auf ihren Heimatplaneten Karthis zurückverfrachtet werden.

ANDERS Der große Unterschied zu den traditionellen Vampiren besteht darin, dass die Ubboth-Sathla ihren Opfern nicht das Blut, sondern die Lebenskraft aussaugen. Dieses Motiv wurde später von anderen Schriftstellern aufgegriffen. Wilsons Buch wurde ebenfalls verfilmt (siehe Kapitel 13).

■ STEPHEN KING

Auch Gruselgigant Stephen King, der mindestens ein Horrorbuch pro Jahr schreibt, wagte sich 1975 an einen Vampirroman: *Brennen muss Salem.* Zu diesem Buch – es war übrigens erst sein zweites – ließ sich King von *Ich, der letzte Mensch* inspirieren. Genau wie Matheson ging es ihm darum, eine Geschichte über einen amerikanischen Vampir zu schreiben.

BRENNEN MUSS SALEM Schauplatz der Handlung ist eine verschlafene amerikanische Kleinstadt namens Jerusalem's Lot (der englische Originaltitel des Buches lautet *Salem's Lot).* Sie ist der Geburtsort des Schriftstellers Ben Mears, der nach 25 Jahren Abwesenheit an den Ort seiner Jugend zurückkehrt. Als er durch das Städtchen fährt, registriert er eine merkwürdige Anziehungskraft, die von dem Anwesen Marsten House ausgeht. Dort hat vor Jahren

ein Mafiaboss seine Frau ermordet und anschließend sich selbst erhängt.
Der Leser lernt den Ort und seine Einwohner kennen, zum Beispiel Eva Miller, bei der Ben Mears ein Zimmer mietet, den Priester Callahan, einen zwölfjährigen Jungen namens Mark Petrie und schließlich Susan Norton, in die sich Ben unsterblich verliebt. Wie in vielen Büchern Kings sind auch in diesem Roman die Kinder schlauer als die Erwachsenen. Deswegen hat King Mark Petrie zur Hauptfigur gemacht.
Im Laufe der Handlung kommt Barlow, ein reicher Antiquitätenhändler aus Europa, in die Stadt. Er eröffnet ein Geschäft und nimmt seinen Wohnsitz in Marsten House. Niemand bekommt ihn tagsüber zu Gesicht, sein Angestellter Straker kümmert sich um die Geschäfte und alles andere.
Ben Mears fällt auf, dass ungewöhnlich viele Einwohner des Ortes kurz nacheinander sterben, und kann schließlich aufdecken, dass ein Vampir – nämlich Barlow – die Ursache ist. Am Ende des Buches sind fast alle Einwohner von Jerusalem's Lot zu Vampiren geworden. Ben gelingt es schließlich doch noch, das Monster zu vernichten.

HOMMAGE AN STOKER King hält sich im Großen und Ganzen an die Regeln, die Bram Stoker vorgegeben hat. Sein Buch ist unverkennbar eine Hommage (d. h. Ehrerbietung) an *Dracula*. Wie bei Stoker bleibt der Vampir meist unsichtbar, was die Spannung enorm erhöht. Manche Szenen muten wie moderne Versionen von Stokers Geschichte an. Ein gutes Beispiel ist das Kapitel, in dem Ben Mears seiner Geliebten Susan Norton einen Holzpflock ins Herz schlagen muss, weil sie zum Vampir geworden ist. King hat die Szene raffiniert »modernisiert«: Statt eines alten Bergwerkhammers (wie in Stokers Buch) benutzt Ben einen modernen Sears-Roebuck-Hammer, wie man ihn in jedem amerikanischen Baumarkt kaufen kann.

NEUE REGELN Auch King hat sich neue Motive einfallen lassen, die später von anderen Schriftstellern aufgegriffen wurden. So stellt sich beispielsweise heraus, dass der Priester – trotz Kruzifix und Weihwasser – nichts gegen den Vampir ausrichten kann, weil er seinen Glauben verloren hat. Insgesamt zählt *Brennen muss Salem* zu den besseren Vampirbüchern. Wie die meisten Romane Stephen Kings wurde auch dieses Buch verfilmt (siehe Kapitel 13).

■ ANNE RICE

Im Jahr 1976 erschien in Amerika der erste Band einer Reihe von fünf Büchern, die der Vampirliteratur ganz neue Impulse geben sollten. Inzwischen ist die auch als *Chronik der Vampire* bezeichnete Reihe in Amerika ebenso populär wie *Dracula.*

GESPRÄCH MIT DEM VAMPIR Im ersten Band, der den Titel *Gespräch mit dem Vampir* trägt, geht es um Louis, der einem jungen Journalisten in San Francisco seine Lebensgeschichte erzählt. Louis wurde 1791 von Lestat, einem ebenso geheimnisvollen wie grausamen Vampir, in die Welt der Untoten eingeführt. Nach dem Tod von Louis' einzigem Bruder nutzte Lestat Louis' Verzweiflung und bot ihm an ihn unsterblich zu machen. Nicht ohne Bedenken ging dieser darauf ein und wurde zum Vampir. Eigentlich wollte er nie Menschen töten, doch irgendwann überkam es ihn doch.
Die tragischste Gestalt in diesem Roman ist Claudia, ein fünfjähriges Vampirmädchen. Fünfundsechzig Jahre lang schon ziehen

Lestat, Louis und Claudia in einem gemeinsamen Sarg von Ort zu Ort. Aus Wut darüber, dass Lestat sie zum Vampir gemacht hat, »tötet« Claudia ihn und reist mit Louis nach Europa. Doch in Paris gelingt es Lestat, die beiden aufzuspüren und Claudia zu vernichten. Louis kehrt daraufhin nach Amerika zurück, um Jahrhunderte später seine Lebensgeschichte zu erzählen.

DER FÜRST DER FINSTERNIS Im zweiten Band mit dem Titel *Der Fürst der Finsternis* geht es um frühere und spätere Erlebnisse des Vampirs Lestat de Lioncourt. Als französischer Adliger führte er einst ein abgeschiedenes Leben, bis der Alchimist (eine Art mittelalterlicher Chemiker) Magnus ihn zum Vampir machte. Lestat ist grausam und aggressiv, hat aber eine Schwäche für Dichtung und Musik. Seine Ruhelosigkeit treibt ihn dazu, nach den Urvampiren zu suchen (»denjenigen, die bewacht werden müssen«). Er kann sie jedoch nirgendwo finden und wird schließlich ein berühmter Rockstar.

DIE KÖNIGIN DER VERDAMMTEN In Band drei, *Die Königin der Verdammten*, geht es um die Urvampire: Königin Akascha und ihren Gatten Enkil. Lestats fetzige Rocksongs wecken die beiden aus ihrem jahrhundertelangen Schlaf. Ihr Grab wurde die ganze Zeit über von dem römischen Vampir Marius bewacht.
Obgleich Akascha sozusagen die Mutter aller Vampire ist, hat sie hinsichtlich ihrer Mutterrolle seltsame Vorstellungen: Sie versucht möglichst viele Vampire zu vernichten und verschont lediglich diejenigen, die zu stark oder zu alt sind, und natürlich alle im Umkreis ihres Lieblings Lestat.

NACHTMAHR In Band vier mit dem Titel *Nachtmahr* ist wieder

Lestat die Hauptfigur. In dieser Geschichte begegnet er dem »Körperdieb« Raglan James, der Lestat die Möglichkeit bietet für einige Tage ein gewöhnlicher Sterblicher zu sein. Lestat hat hinterher die größte Mühe James dazu zu bringen, dass er wieder mit ihm den Körper tauscht. Außer Lestat kommt in diesem Band kein weiterer Vampir vor.

MEMNOCH DER TEUFEL Im letzten Band zeigt der freche Teufel Memnoch Lestat die Erschaffung der Welt, führt ihn durch Himmel und Hölle und fordert sogar Gott heraus sich kreuzigen zu lassen. Lestat kehrt auf die Erde zurück und hat ein Tuch mit dem Abdruck des Antlitzes Christi bei sich. Er übergibt es Dora, die daraufhin ihr Leben der Errettung der Welt widmet.

MODERNE VAMPIRE Die Vampire von Anne Rice unterscheiden sich von den bis dahin bekannten. Vor Kreuzen haben sie keine Angst und auch ein Pflock durchs Herz kann ihnen nicht das Geringste anhaben. Ältere Vampire lassen sich nicht durch Sonnenlicht töten, sondern es verursacht ihnen allenfalls heftige Kopfschmerzen oder Mattigkeit. Daher gehen sie meist wie üblich in der Dunkelheit auf die Jagd.

Auch saugen Anne Rice' Vampire ihren Opfern das Blut nicht bis zum letzten Tropfen aus, weil sie sonst die Qualen des Todes selbst noch einmal erleben müssten. Denn auch hier ist der Übergang vom Menschen zum Vampir sehr schmerzvoll.

Neu ist auch die Art und Weise, wie Lestat ein Vampir wird (durch einen Alchimisten). Und neu bei Anne Rice ist außerdem, dass das Alter bestimmt, wie stark ein Vampir ist: Die Ältesten sind nahezu unbesiegbar, die Jüngsten dagegen kaum stärker als gewöhnliche Menschen.

BELIEBT? Über Anne Rice' Bücher gehen die Meinungen auseinander. In Amerika sind sie ungeheuer populär. Dort ist sogar ein offizielles Handbuch über die *Chronik der Vampire* erschienen. Darin werden alle in den Büchern vorkommenden Personen erwähnt und es enthält Informationen über die Schauplätze der verschiedenen Handlungen. Teil 1 der Romanreihe ist inzwischen verfilmt worden (siehe Kapitel 13).
Nicht überall sind die Bücher von Anne Rice so beliebt wie in Amerika, was möglicherweise daran liegt, dass sie ziemlich dick und langatmig sind. Eines jedenfalls steht fest: Anne Rice hat dem Vampir ein vollkommen neues Image gegeben.

■ VAMPIRE AUF DEM VORMARSCH

Während der letzten zwanzig Jahre wurden noch viele andere Vampirbücher von englischen und amerikanischen Autoren veröffentlicht. Wenn man bedenkt, dass seit 1970 nicht weniger als 650 englischsprachige Bücher erschienen sind, in denen ein Vampir vorkommt, wird klar, wie populär der Blutsauger gegenwärtig ist. Unter den 650 Titeln sind natürlich viele, in denen der Vampir nur eine Nebenrolle spielt. Bei anderen ist die Handlung leicht vorhersagbar oder sie fügen dem bereits Bekannten nichts Neues hinzu. Aber es sind auch ein paar Glanzstücke dabei.

■ DER KUSS DES TODES

1981 erschien das Buch *Der Kuss des Todes* von dem Amerikaner Whitley Strieber. Die Hauptfigur, Miriam Blaylock, ist eine außerirdische Vampirin und fürchtet deshalb weder Kruzifix noch Knob-

lauch. Ihre Liebhaber verwandelt sie in Vampire. Das Neue in diesem Buch besteht darin, dass die Vampire »nur« ein paar hundert Jahre aktiv sind. Danach sind sie erschöpft und Miriam muss sich daher alle paar hundert Jahre einen neuen Geliebten suchen. Im Lauf der Handlung versucht sie auch eine Ärztin zu verführen, die sich mit Unsterblichkeitsforschung beschäftigt.
Miriams frühere Liebhaber sind natürlich nicht richtig tot (Vampire können ja nicht sterben) – sie bewahrt ihre mumienähnlichen Überreste in Särgen auf dem Dachboden auf. Ein grober Fehler, denn am Ende rächen sie sich an ihr. Das Buch wurde unter dem Titel *Begierde* verfilmt (siehe Kapitel 13).

■ DIE 90ER-JAHRE

Noch zwei Romane fallen aus dem Rahmen des Üblichen: *Verlorene Seelen* von der Amerikanerin Poppy Z. Brite und *Kinder der Nacht* von dem Kanadier Dan Simmons. Beide Bücher sind 1992 erschienen.

VERLORENE SEELEN In *Verlorene Seelen* begegnen wir sehr modernen Vampiren. Zillah, Molochai und Twig – drei junge Vampire – fahren mit einem alten Lieferwagen durch die Vereinigten Staaten und sind auf der Suche nach Alkohol, Sex und Blut. Unterwegs begegnen sie Ghost, dem Sänger der Popband *Verlorene Seelen*, und dem Jungen Nothing, der bei Pflegeeltern aufgewachsen ist und spürt, dass er irgendwie anders ist. Dies bestätigt sich, als er erstmals einen Tropfen Blut probiert. Der Junge wird vor die Wahl gestellt: Soll er sich den Vampiren anschließen oder Mensch bleiben? Nothing entscheidet sich für die Vampire, muss aber gegen den bösen Zillah kämpfen, den er schließlich vernichten kann. Im

Nachwort erfahren wir, dass Molochai, Twig und Nothing fünfzig Jahre später noch immer umherfahren und nach Blut suchen.

MODERN Überraschend an Brites Vampiren ist nicht nur, dass sie punkig aussehen und Hasch rauchen, sondern auch, dass sie ihre Opfer nicht töten wollen. Sie zapfen ihnen lediglich mit einer Injektionsnadel etwas Blut ab, jedoch nie zu viel, denn, wie Nothing sagt: *»Wir haben jede Menge Zeit.«*

KINDER DER NACHT Das Thema von Dan Simmons' Buch ist hochaktuell. Die amerikanische Wissenschaftlerin Kate Neuman will AIDS-Babys in Rumänien retten. Dabei fällt ihr auf, dass eines der Babys namens Joshua sich nach Bluttransfusionen erstaunlich schnell erholt. Als sie dieses Phänomen näher untersucht, muss sie feststellen, dass Joshua ein Vampir ist. Kate lässt sich dadurch nicht abschrecken, denn sie hofft *das* Wundermittel gegen AIDS zu finden. Ab diesem Moment wird der Roman enorm spannend, denn nun greift Dracula höchstpersönlich ein.
Der Höhepunkt der Geschichte spielt auf Draculas Schloss am Fluss Arges und das Ende ist ebenso überraschend wie spektakulär.

VLAD TEPES Beeindruckend an diesem Buch ist, dass ein Teil der Geschichte von Dracula selbst erzählt wird. Dabei schildert er nicht nur seine Sichtweise der Dinge, sondern berichtet auch über sein eigenes Leben. So erfährt der Leser alles über den historischen Dracula, Vlad Tepes.

WISSENSCHAFTLICH Wie auch Matheson in seinem Buch *Ich, der letzte Mensch* versucht Dan Simmons den Vampirismus wissenschaftlich zu erklären und wie jeder gute Schriftsteller dachte auch er sich einige neue Aspekte aus. In *Kinder der Nacht* bringen Vampir-Ehepaare, zwischen denen ein Machtkampf tobt, ihre Kinder um. Trotzdem sind sie nicht ausschließlich schlecht, sondern haben auch einige gute Eigenschaften.

NETTE VAMPIRE? Vampire, die nichts als blutrünstige Ungeheuer sind, scheinen beim modernen Publikum nicht mehr gut anzukommen. Schriftsteller wie Dan Simmons, Poppy Z. Brite und Anne Rice betonen in ihren Büchern, dass Vampire – genau wie wir – die Wahl zwischen Gut und Böse haben. Auch haben sie, wie jeder normale Mensch, gute und schlechte Eigenschaften. Dadurch ist die Handlung in den modernen Vampirbüchern oft überraschender und somit spannender als in den traditionellen. Die Titel, die wir in Kapitel 10 besprochen haben, sind jedoch auf jeden Fall lesenswert!

DIE ZUKUNFT Der Vampir ist nach wie vor quicklebendig. Kein Wunder bei einem Wesen, das das ewige Leben hat! Und der Vampir geht mit der Zeit. Der bekannte Schriftsteller Bret Easton Ellis schrieb eine Geschichte über einen Yuppie-Vampir, der sich einen Spezialsarg mit HiFi-Anlage, Videorekorder und Farbfernseher samt Kabelanschluss anfertigen lässt.
Auch in den kommenden Jahren werden zweifellos viele Bücher mit dem Vampir als Hauptfigur erscheinen. Um mit Draculas eigenen Worten zu sprechen: *»Meine Rache hat erst begonnen! Ich verteile sie über die Jahrhunderte und die Zeit arbeitet zu meinen Gunsten.«*

12. DER VAMPIR IM COMIC

».. . was glaubst du mit diesem schäbigen Dolch auszurichten . . .? Komm Jäger, ergib dich. Du wirst den Rest deines kläglichen alten Lebens aus deinem geschundenen Leib strömen fühlen . . .«

Aus: *Der Prinz der Nacht* (1994) von Y. Swolfs

AUSSTELLUNG Im Frühjahr 1997 organisierte das Belgische Comiczentrum, ein großes Comicmuseum in der Brüsseler Innenstadt, eine Ausstellung unter dem Motto *Verflucht, Dracula wird 100.* Die Ausstellung bot eine Übersicht über den Vampir im Comic. Wie sich herausstellte, gibt es gar nicht so sehr viele Comics, in denen ein Vampir die Hauptrolle spielt. Als Nebenfigur taucht Dracula wesentlich häufiger auf und kämpft in dieser Eigenschaft gegen keine Geringeren als Spiderman, Superman, Billy the Kid und viele andere Comic-Superhelden.

DER VAMPIR IM COMIC Selbst in die Comichefte hat sich der Vampir inzwischen eingeschlichen. Er taucht dort als Bösewicht in den Abenteuercomics oder als Witzfigur in den Vampirparodien auf. Die meisten Comics erscheinen in Amerika, viele sind aber auch ins Deutsche übersetzt worden.

■ SERIEN

DRACULA Neben Heften mit Einzelabenteuern gibt es auch drei Vampirserien. Die erste kommt aus Amerika, umfasst 70 Hefte und ist dort als *The Tomb of Dracula* im Handel. In den Jahren 1975/1976 wurden in Deutschland alle 70 Bände dieser Abenteuer unter dem Titel *Die Gruft von Graf Dracula* veröffentlicht. Dracula tritt in diesen Comics als »klassischer« Vampir im langen schwarzen Cape und mit Bela-Lugosi-Frisur (siehe Kapitel 13) auf.

VAMPIRELLA Der populärste Comicvampir stammt ebenfalls aus Amerika. Es handelt sich dabei nicht etwa um Dracula, sondern um eine Vampirdame namens Vampirella. Von 1969 bis 1983, also fast 25 Jahre lang, erschienen ihre Abenteuer. Die Figur entstand in Anlehnung an *Barbarella,* einen französischen Comic von 1964 über eine naive junge Frau in aufreizender Kleidung, die im Weltraum allerlei Abenteuer erlebt.

Vampirella ist eine sexy Erscheinung. Sie stammt von dem Planeten Drakulon, wo man statt Wasser Blut zum Überleben braucht. Vampirella trat stets im roten Outfit mit einer goldenen Fledermaus unterhalb des Nabels auf. Wenn sie lächelte, sah man ihre langen, scharfen Zähne.

Mit 112 Fortsetzungen ist *Vampirella* die am längsten laufende Vampir-Comicserie aller Zeiten. Und es gibt sie noch immer! Seit zwei Jahren erscheinen neue Abenteuer und es ist noch kein Ende abzusehen.

DER PRINZ DER NACHT Die dritte Serie kommt nicht aus Amerika, sondern aus Belgien: *Der Prinz der Nacht* von Yvan Swolfs. Von dieser Serie sind bisher drei Bände erschienen. Swolfs erzählt darin die Geschichte des Kampfes zwischen dem Geschlecht Amar und dem »Prinzen der Nacht«, einem Vampir namens Kergan. Der Kampf tobt bereits seit sechs Jahrhunderten und noch immer gibt es keinen Sieger. Der rote Faden der Geschichte ist die Suche des jungen Vincent Amar nach der Ursache der Alpträume, die ihn plagen. Selbstverständlich muss er dabei gegen Kergan antreten. In Teil 3 scheint es, als hätte Amar den Kampf gewonnen, doch am Ende ist unklar, ob der Vampir nun endgültig vernichtet ist.

■ AMERIKANISCHE VAMPIRCOMICS

Seit dem Wiederaufleben des Vampirs in der Literatur und in Filmen in den 1980er-Jahren begegnet man ihm auch in Comics

wieder häufiger. In Amerika erschien *Duckula* (deutscher Titel: *Graf Duckula)*, ein Comic über eine Figur, die eine Kombination aus Donald Duck und Graf Dracula ist, sowie ein Titel über Little Dracula, den sanftmütigen Sohn Draculas.
Derzeit tauchen Vampire sogar dort auf, wo man sie nie vermuten würde: So zeigt sich zum Beispiel Garfield, der auf Lasagne versessene Kater, als Vampir verkleidet. Und Batman ist zwar kein Vampir, sieht aber den Vertretern dieser »Zunft« sehr ähnlich. In der Folge *Red Rain,* die 1991 erschien, muss er es mit einer Gruppe Vampiren, deren Anführer Dracula ist, aufnehmen. Fledermaus gegen Fledermaus: ein Verwirrspiel!

ENGLISCHSPRACHIG Die meisten Comics, die bisher genannt wurden, sind für Erwachsene gedacht. Sie erscheinen in England und Amerika und werden nicht immer ins Deutsche übersetzt. Dein Buchhändler wird dir sicher gerne behilflich sein, deutschsprachige Vampircomics, die für Kinder und Jugendliche geeignet sind, herauszusuchen. Ein Tipp für echte Vampirfans: Im Englischunterricht anstrengen und später die Comics in Originalsprache lesen! Schon jetzt: Viel Lesevergnügen dabei!

13. DER VAMPIR IN FILM UND FERNSEHEN

»Willkommen in meinem Schloss. Treten Sie unverzagt herein und lassen Sie etwas von dem Glück hier, das Sie mit sich bringen. Ich bin Dracula . . .«

Aus: *Bram Stoker's Dracula* (1992), Columbia Pictures

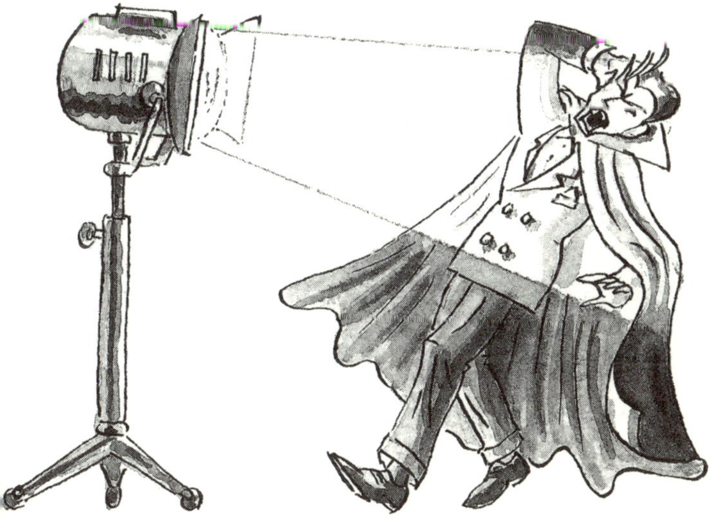

■ DER ERSTE FILM-BÖSEWICHT

Eine Treppe in einem alten Gebäude. Plötzlich fällt ein Schatten an die Wand. Der Schatten einer großen, leicht vornübergebeugten Gestalt mit klauenartigen Händen. Oben geht langsam die Tür auf. Der Vampir schleicht ins Zimmer. Erst jetzt können die Zuschauer ihn richtig sehen: Er ist kahlköpfig, hat spitze Fledermausohren, eine Hakennase, hervorquellende Augen und sehr lange Schneidezähne. Zum ersten Mal in der Filmgeschichte macht das Publikum Bekanntschaft mit einem Vampir.

NOSFERATU Der Vampir heißt Graf Orlok und die Szene stammt aus dem deutschen Film *Nosferatu – Eine Symphonie des Grauens* von dem Regisseur Friedrich Wilhelm Murnau. »Nosferatu« ist rumänisch und bedeutet Untoter. Die Hauptrolle spielte Max Schreck (man beachte den passenden Nachnamen!).
Die Handlung dieses Stummfilms aus dem Jahr 1922 war von Bram Stoker geklaut. Indem Murnau den Figuren andere Namen gab und die Geschichte ein wenig abänderte, hoffte er die Lizenzgebühren für die Filmrechte umgehen zu können. Bram Stokers Witwe war verärgert und strengte einen Prozess gegen Murnau an, den sie 1925 gewann. Alle Kopien des Films mussten vernichtet werden.

SCHAURIG Glücklicherweise blieben trotz allem einige Kopien erhalten, sodass wir diesen Film auch heute noch sehen können. Zwar wirkt er etwas altmodisch und vor Nosferatu wird kaum mehr jemand erschrecken, doch die Kulissen sind eindrucksvoll. Graf Orloks Schloss und die Häuser in der Stadt vermitteln eine beklemmende Atmosphäre und mit der richtigen Musikuntermalung kann man sich bei *Nosferatu – Eine Symphonie des Grauens* auch heute noch richtig schön gruseln. Es ist der allererste Film, in dem ein Vampir durch Sonnenlicht vernichtet wird.

DER ZWEITE VERSUCH Weil Murnaus Film nicht mehr gezeigt werden konnte, bot sich eine Neuverfilmung des Dracula-Stoffs an; sie kam neun Jahre später heraus. In der Zwischenzeit entstanden einige unbedeutende Vampirfilme.

■ EIN DURCHBRUCH

Anfang Februar 1931 hingen in der New Yorker Innenstadt überall blutrote Plakate, auf denen ein Film mit dem Titel *Dracula* angekündigt wurde. Die Premiere fand – passenderweise – am Freitag, dem 13. statt. Der Universal-Film von Regisseur Tod Browning war ein Kassenschlager und bedeutete einen Durchbruch. Ab diesem Zeitpunkt wusste die ganze Welt, wer Dracula war und wie er aussah: glattes schwarzes Haar und ein langer wehender Umhang wurden seine Markenzeichen. Dennoch war es kein wirklich guter Film: Der Regisseur wich stark von der Vorlage Stokers ab und der Hauptdarsteller, Bela Lugosi, war Ungar und sprach nur gebrochen Englisch.

BELA LUGOSI Der Schauspieler, der als Bela Lugosi Karriere machte, hieß eigentlich Bela Blasko und spielte bereits seit 1902 Theater. Im Jahr 1920 wanderte er nach Amerika aus, wo er als Theater- und Filmschauspieler arbeitete. Sein Durchbruch ließ zunächst auf sich warten. 1927 machte er erstmals »Bekanntschaft« mit Dracula: Er spielte den Grafen in einem Theaterstück, das vierzig Wochen lang lief. Vier Jahre später bewarb er sich um die Hauptrolle in dem gleichnamigen Film. Er hatte Glück, denn eigentlich war er nur zweite Wahl. Der Regisseur Tod Browning wollte lieber Lon Chaney für den Part, doch dieser starb kurz vor Beginn der Dreharbeiten und so bekam Lugosi die Hauptrolle. Im Nachhinein gesehen eine nicht sehr glückliche Wahl.

NICHT SEHR GRUSELIG Lugosi sprach nicht nur schlecht Englisch, er spielte auch ziemlich übertrieben und melodramatisch, sodass er in manchen Szenen fast lächerlich wirkt. Der charmante, intelligente Graf aus Stokers Roman verkam so zu einer trotteligen Figur im schwarzen Cape. Außer dem Cape deutete nichts auf seine Vampirpersönlichkeit hin. Er hatte keine besonders langen Zähne und wenn er ein Opfer biss, war dies meist nicht zu sehen. Trotzdem fanden die Zuschauer ihn damals enorm gruselig; heute könnte man den Film fast schon im Kinderkino zeigen.

ÜBERWÄLTIGENDES DEKOR Das einzig Positive an Brownings Film sind die Anfangsszenen. Vor allem der Moment, in dem Dracula oben an der Treppe erscheint, ist herrlich schaurig. Der Kameramann, Karl Freund, war ein guter Bekannter Murnaus und wusste, wie man eindrucksvolle Bilder auf Zelluloid bannt.
Manche Dracula-Fans – vor allem amerikanische – sind der Ansicht, diese Verfilmung sei die beste. Warum, ist uns ein Rätsel. Weitaus überzeugender und gruseliger wirkt der Vampir in der dritten bedeutenden Verfilmung von Stokers Buch, die 1958 entstand. In den Jahren davor wurden nur wenige Vampirfilme gedreht und die meisten davon sind so schlecht, dass wir sie getrost vergessen können.

■ DER ENGLISCHE VAMPIR

Eine englische Filmgesellschaft namens Hammer spezialisierte sich zu Beginn der 1950er-Jahre auf Gruselfilme. 1958 konnte sie mit dem Streifen *Frankensteins Rache* einen Riesenerfolg verbuchen, sodass es nur logisch erschien, noch im gleichen Jahr *Dracula* zu verfilmen.

EIN ELEGANTER VAMPIR Die Hauptrolle in Hammers *Dracula* spielte Christopher Lee, der einen völlig anderen Vampir abgab als Bela Lugosi. Wenn der Graf zum ersten Mal ins Bild kommt, sehen die Zuschauer eine elegante, attraktive und zugleich bedrohliche Gestalt die Treppe herabsteigen. Dieser Dracula ist mit langen Eckzähnen ausgestattet, man sieht, wie er zubeißt und blickt ihm in die blutunterlaufenen Augen (rote Linsen). Ganz andere Kost also.

SPANNUNG Wiederum weicht die Handlung von der Romanvorlage ab, aber immerhin tritt Dracula hier als der unwiderstehliche Verführer aus Stokers Buch auf und nicht als komisches Ungeheuer wie 1931. Der Film steckt voller origineller Ideen, er hat Tempo, manchmal spritzt das Blut vielleicht etwas zu heftig – und dies alles in Farbe! Wahrhaft atemberaubend ist die Schlussszene, in der Van Helsing durch das Zimmer hechtet, über einen langen Tisch schlittert und die Vorhänge aufreißt, sodass Dracula im Sonnenlicht zu Asche zerfällt.

CHRISTOPHER LEE Der Film erwies sich als durchschlagender Erfolg und Hammer beschloss weitere Filme über Dracula zu drehen. Noch sechsmal sollte der Hauptakteur Christopher Lee in die Haut des Grafen schlüpfen, zuletzt 1973 in dem Film *Dracula braucht frisches Blut*. Eine vollständige Liste der Hammer-Vampirfilme ist weiter hinten in diesem Kapitel zu finden.

HAMMER, DER VAMPIRSPEZIALIST Hammer war auf den Geschmack gekommen: Die Filmgesellschaft produzierte eine ganze Reihe von Vampirfilmen. Neben den acht Dracula-Filmen wurden drei über Carmilla gedreht, einer über die Gräfin Báthory (Näheres über diese Gruseldame steht in Kapitel 8) und fünf weitere über andere Vampire. Mit insgesamt 16 Vampirfilmen darf sich Hammer als Spezialist auf diesem Gebiet bezeichnen.

WER DIE REGELN KENNT ... In diesem Buch konntet ihr lesen, wie man ein Vampir wird, woran man Vampire erkennt und wie man sie unschädlich macht. Die Hammer-Filme weichen des Öfteren von diesen Regeln ab: Es gibt sogar eine Szene, in der sich Dracula den Pflock aus der Brust zieht!
Auch andere Filmemacher halten sich nicht immer an die Regeln. Manchen Film-Vampiren macht Tageslicht nichts aus, andere sind gegen Knoblauch immun.
Man bediente sich solcher Kunstgriffe, um die Spannung eines Films zu erhöhen, oder aber, um eine Fortsetzung drehen zu können. So wurde der Hammer-Dracula immer wieder zum Leben erweckt, indem jemand Blut auf seine Asche träufelte. Wenn Bram Stoker dies wüsste, würde er sich bestimmt wie ein Vampir im Grab umdrehen!

■ IMMER WIEDER DRACULA

Nach den Filmen mit Christopher Lee sollte noch eine ganze Reihe

Dracula-Streifen das Licht – pardon: die Dunkelheit – der Welt erblicken. Die meisten sind jedoch so schlecht, dass man sie besser nicht erwähnt. Manche sind völlig abgedreht, wie *Draculas Bluthochzeit mit Frankenstein* (1970), andere so langweilig, dass man dabei einschläft, wie bei *Draculas Last Rites* (= Draculas letzte Rituale, 1980), und wieder andere so ekelhaft, dass sich einem der Magen umdreht, wie bei *Blood for Dracula* (= Blut für Dracula, 1973). In Letzterem übergibt sich der Graf alle zehn Minuten und zum Schluss wird er klein gehackt!

UNIVERSALS ZWEITER DRACULA Es gibt ansonsten nur noch wenige Filme, die einer ausführlicheren Erwähnung wert sind. Einer davon stammt aus dem Jahr 1979 und die Filmgesellschaft Universal hoffte damit an den Erfolg von 1931 anknüpfen zu können. Das klappte jedoch nicht ganz.
Die Hauptrolle spielte Frank Langella, der als Dracula zwar sehr sexy, aber nicht gruselig wirkte. Der Film ist nett anzusehen und hat auch Atmosphäre, ist aber leider etwas langweilig.

LIEBE AUF DEN ERSTEN BISS Im gleichen Jahr brachte American International, ein Konkurrent von Universal, ebenfalls einen Dracula-Film heraus: *Liebe auf den ersten Biss*. Diese Vampirkomödie kann man durchaus empfehlen. Ein besonderer Gag ist, dass George Hamilton, der als attraktiver und eleganter Dracula auftritt, mit dem gleichen Akzent spricht wie Bela Lugosi (allerdings nur in der Originalfassung).

COPPOLA Wesentlich mehr Erfolg war der – bislang – letzten großen Verfilmung des Dracula-Stoffs beschieden. Der Film *Bram Stoker's Dracula* von Regisseur Francis Ford Coppola kam 1992 in die Kinos. Coppola hielt sich zwar nicht hundertprozentig, aber dennoch recht nah an die Vorlage. Der Film ist sehr aufwendig inszeniert und die Musik einfach phantastisch.

EIN »GUTER« DRACULA Gary Oldman spielt in Coppolas Film einen sehr interessanten Graf Dracula. Dieser wirkt oft sehr bedrohlich, aber – wie in modernen Vampirbüchern (siehe Kapitel 11) – er ist *nicht nur* ein Monster. Weil er seine große Liebe, seine Frau Elisabetha, verloren hat, hasst er die ganze Welt und wurde zum Vampir. Seitdem ist er ständig zwischen Gut und Böse hin- und hergerissen. Das macht ihn beinahe sympathisch!

■ ANDERE VAMPIRE

Außer Dracula gibt es noch viele andere Filmvampire. Die interessantesten Filme werden nachstehend beschrieben (siehe auch die Liste weiter hinten in diesem Kapitel).

DIE RABENSCHWARZE NACHT In dem Film *Die rabenschwarze Nacht* (1985) bekommt der Junge Charlie Brewster einen neuen Nachbarn, der anfangs recht nett erscheint. Charlie findet bald heraus, dass der Nachbar ein Vampir ist, doch natürlich glaubt ihm niemand. In seiner Not wendet er sich an Peter Vincent, der im Fernsehen als mutiger Vampirjäger auftritt. Doch in Wirklichkeit ist Vincent nicht gerade der Tapferste und so muss Charlie die Dinge meist selbst in die Hand nehmen, bis der Vampir endlich vernichtet ist.
Gut und überzeugend an diesem Film sind die Spezialeffekte und die Tatsache, dass im Jahr 1985 kein Mensch mehr ernsthaft an Vampire glaubt. Schon gar nicht, dass sie gleich nebenan wohnen!

THE LOST BOYS In *The Lost Boys* (= Verlorene Jungen, 1987) geht es um eine neue Art von Vampiren. Die beiden Brüder Michael und Sam ziehen mit ihrer Mutter nach Santa Clara zu ihrem etwas seltsamen Opa. Schon bald finden sie heraus, dass eine Horde Punker-Vampire den Küstenort unsicher macht. Als Michael gebissen wird, will Sam, der Jüngere, ihn retten. Dabei helfen ihm zwei schrullige Jungen, die alles über Vampire wissen.
Dieser Film bietet gute Effekte und einen überraschenden Schluss, als sich herausstellt, dass der Opa von Sam und Michael gar nicht so blöd ist, wie er aussieht.

NEAR DARK – DIE NACHT HAT IHREN PREIS 1987 kam ein weiterer Vampirfilm heraus, den es anzusehen lohnt: *Near Dark – Die Nacht hat ihren Preis.* Er handelt von einem jungen Cowboy, der sich in ein Mädchen verliebt, das zu einer Gruppe umherziehender Vampire gehört. Der Cowboy wird gebissen und verwandelt sich in einen Vampir, weigert sich aber Menschenblut zu trinken. Der daraus entstehende Konflikt löst sich erst zum Schluss, als alle Vampire von der Wüstensonne getötet werden und der Junge durch eine Bluttransfusion wieder zum Menschen wird.
Die Vampire in diesem Film sind keine übernatürlichen Wesen mehr. Sie leben zwar länger, brauchen Blut und sind außergewöhnlich stark – aber das ist auch schon alles. Außerdem sind sie etwas bekloppt und alles andere als attraktiv. Auch dieser Film wartet mit guten Spezialeffekten auf.

TANZ DER VAMPIRE Gute Vampirkomödien gibt es natürlich auch! Ein schönes Beispiel ist *Tanz der Vampire* (1967) von dem berühmten Regisseur Roman Polanski.
Der Vampirjäger Professor Abronsius und sein furchtsamer Assis-

tent Alfred (gespielt von Polanski selbst) verbringen die Nacht im Schloss des Vampirs Graf Krolock, wo sie jede Menge »schauerlicher« Abenteuer erleben. Der Höhepunkt des Films ist ein festlicher Ball. An einer Saalwand hängt ein großer Spiegel. Als Abronsius und Alfred sich unbemerkt von dem Fest davonstehlen wollen, stehen sie plötzlich vor dem Spiegel und bemerken zu ihrem Entsetzen, dass nur sie darin zu sehen sind. Das bleibt den Vampiren nicht verborgen ... *Tanz der Vampire* ist ein herrlicher Film, der alles, was wir über Vampire wissen, durch den Kakao zieht.

BUFFY, THE VAMPYRE SLAYER Die Hauptfigur in diesem Film von 1992 ist das Mädchen Buffy, das eine Highschool besucht. Bei einem Einkaufsbummel erfährt sie, dass sie als Vampirjägerin geboren ist. Anfangs will Buffy davon nichts wissen. Dies ändert sich jedoch schlagartig, als sie von einem Vampir namens Lothos (gespielt von Rutger Hauer) angefallen wird. Dass das Gute am Ende siegt, wird niemanden verwundern. Die zweite Hauptrolle, Buffys Freund, spielt Luke Perry, der als Dylan aus der Serie *Beverly Hills 90210* bekannt ist.
Interessant ist der Film vor allem deshalb, weil er zwei Genres, nämlich Teenager- und Vampirfilm, gekonnt kombiniert.

FÜR KINDER Bisher gibt es leider nur einen einzigen Kinder-Vampirfilm: *My Grandpa is a Vampire* (= Mein Großvater ist ein Vampir). In dieser neuseeländischen Produktion von 1991, die leider nicht nach Deutschland gekommen ist, geht es um einen richtig netten Vampir namens Vernon T. Cooger, der 81 Jahre alt ist. Er wohnt in Los Angeles und bekommt Besuch von seinem zwölfjährigen Enkel Lonny und dessen Freund Kanziora. Die beiden Jungen entdecken, dass der Großvater in Wirklichkeit

dreihundert Jahre alt ist. Am Ende müssen sie ihn sogar gegen ihre fiese Tante Leah schützen, die ihm einen Pflock durchs Herz bohren will.
In diesem witzigen Film sind die Rollen vertauscht: Der Vampir muss vor den Menschen geschützt werden statt umgekehrt.

SELTSAME GESTALTEN In den letzten zwanzig Jahren waren Vampire aller Art auf der Leinwand zu sehen. So auch Weltraumvampire wie in dem 1985 gedrehten Film *Lifeforce – Die tödliche Bedrohung* (1985), der nach einem Roman von Colin Wilson (siehe Kapitel 11) entstand. Der Horror-Regisseur Tobe Hooper weicht zwar etwas von der Vorlage ab, hält sich aber in groben Zügen an Wilsons Geschichte. Die ausgetrockneten Körper der Weltraumvampire wirken ausgesprochen gruselig und das Ende des Films ist spektakulär.

VAMP Wie wäre es mit einem Popstar als Vampir? In dem Film *Vamp* (1986) spielt die Sängerin Grace Jones die Hauptrolle. Drei halbwüchsige Jungen möchten endlich einmal einen Nachtclub von innen sehen. Dummerweise suchen sie sich ausgerechnet den After Dark Club aus. Er gehört Katrina, einer uralten ägyptischen Vampirin. Sie ist nicht gerade begeistert, als die drei ihr entkommen wollen, aber es gelingt ihnen doch. Die Vampire sind gut getroffen und Katrina findet auf überraschende Weise ihr Ende.

NUR NOCH BESCHEUERT Was immer man sich auch ausdenken mag: Es gibt einen Vampirfilm darüber. Einmal wurde sogar ein Streifen über ein Motorrad als Vampir gedreht: *I Bought a Vampire Motorcycle* (= Ich kaufte ein Vampir-Motorrad, 1990). Den absoluten Tiefpunkt des Genres stellt wohl ein Film über zahnlose Vampire mit dem Titel *Toothless Vampires* (= Zahnlose Vampire, 1987) dar.

■ DIE NEUESTEN VAMPIRFILME

Jahr für Jahr kommen neue Vampirfilme heraus und ein Ende ist – zum Glück – noch lange nicht in Sicht. 1996 erschienen gleich drei.

VAMPIRE IN BROOKLYN Der Film *Vampire in Brooklyn* mit Eddie Murphy ist witzig und spannend zugleich. Es geht darin um den letzten noch »lebenden« Vampir, Prinz Maximilian aus Afrika. Er sucht eine Frau, mit der er ein neues Vampirgeschlecht gründen kann, und begibt sich zu diesem Zweck nach Amerika. Dass sein Plan schief geht, liegt auf der Hand.
Besonders komisch ist Maximilians Assistent, ein Vampir, der schon reichlich verwest ist und ungefähr alle zehn Minuten ein Körperteil verliert. Die Stärken des Films sind sein Humor und die vielen Anspielungen auf Stokers Roman. So kommt Maximilian beispielsweise auf einem Schiff an, dessen gesamte Mannschaft er umgebracht hat. Das Schiff rammt den Pier von Brooklyn, worauf ein schwarzer Hund von Bord springt (klingt bekannt, nicht wahr?).

DRACULA: TOT, ABER GLÜCKLICH In Mel Brooks' neuester Komödie *Dracula: Tot, aber glücklich* geht es wieder einmal um den berühmtesten Vampir aller Zeiten. Der Film folgt im Großen und Ganzen Stokers Buch, ist aber mit zahlreichen witzigen Szenen, wie sie für Mel Brooks typisch sind, aufgepeppt. So rutscht Dracula einmal auf Fledermauskacke aus und knallt mit voller Wucht gegen ein Fenster, das jemand direkt vor seiner Nase zuschlägt. Die Rolle des Dracula spielt Leslie Nielsen, der als chaotischer Inspektor

Frank Drebin aus *Die nackte Kanone* weltberühmt wurde. Eine sehenswerte Parodie.

FROM DUSK TILL DAWN Der Film *From Dusk Till Dawn* (= Von Sonnenuntergang bis Sonnenaufgang) von Kultregisseur Quentin Tarantino ist von der eher brutalen Art. Er zerfällt in zwei Teile. Im ersten sind zwei Geiselgangster mit ihren Opfern auf dem Weg nach Mexiko. Dort angekommen, quartieren sie sich in einer Bar ein. Dann plötzlich ist man in einem Horrorfilm, denn die Besitzer der Bar sind Vampire. Was nun folgt, ist nichts für Leute mit schwachen Nerven: ein ausgedehntes Blutbad, sowohl unter den Vampiren wie auch unter den Menschen. Das Ganze wirkt reichlich überzogen, aber die Tricktechnik ist beeindruckend und die Musik hervorragend.

Warnung!
Denke daran, dass die meisten Vampirfilme nicht
für Kinder geeignet sind, sondern für Erwachsene und
Jugendliche ab 16 oder auch ab 18 Jahren!

■ VAMPIRE IM FERNSEHEN

Auch im Fernsehen haben Vampire ihren festen Platz. Vor allem in England und Amerika entstanden eine ganze Reihe von Fernsehserien über Dracula.

AMERIKA Neben Dracula gab es im amerikanischen Fernsehen auch andere Vampire, zum Beispiel Barnabas Collins in *Dark Shadows* (= Dunkle Schatten). Die Serie lief zwischen 1966 und 1971 und handelte von einem 175 Jahre alten Vampir – aber auch eine Vampirhexe, ein Werwolf und Zeitreisende kamen darin vor.

Eine andere Vampirserie heißt *Forever Knight.* Die Hauptfigur ist der ängstliche 760 Jahre alte Vampir Nick Knight. Er wird von Lacroix, einem anderen Untoten, gejagt. Diese beiden Serien sind in Amerika sehr beliebt und wurden auch in anderen Ländern, u.a. in Deutschland unter dem Titel *Nick Knight, der Vampircop*, gezeigt. Und in der zweiten Staffel der Serie *Akte X – Die unheimlichen Fälle des FBI* gibt es eine Folge über die Vampirin Kirsten Kilar, die die Gegend um Los Angeles unsicher macht. Der Vampir scheint in der Tat unverwüstlich zu sein ...

ZUM BRÜLLEN KOMISCH Auch witzige Vampire hatten im Fernsehen ihren Auftritt.

ADDAMS FAMILY 1964 startete der amerikanische Fernsehsender ABC in Amerika eine Serie über eine skurrile Gruselfamilie, die *Addams Family*. Die Mutter Morticia war unverkennbar eine Vampirin. Die achtköpfige Familie (das Eiskalte Händchen mitgerechnet) schockierte Außenstehende vor allem durch ihr seltsames Verhalten und ihr gruseliges Aussehen. Die Serie endete schon 1966, doch 1991 ließ man die Addams Family in einem Kinofilm wieder aufleben.

DIE MUNSTERS Der Konkurrenzsender CBS wollte nicht zurückstehen und so machten die Amerikaner im gleichen Jahr die Bekanntschaft der schrulligen *Munsters*. In dieser Familie gab es sogar zwei Vampire: Lily und Opa, der sich später als Graf Dracula entpuppte. Zur Familie gehörten außerdem Frankensteins Monster (Herman) und ein kleiner Werwolf (Eddie). Die Serie endete 1966, wie auch die über die Addams Family.

VAMPIRE FÜR KINDER Auch an die Kinder hat man diesmal gedacht. 1973 wurden in Amerika 16 neue Folgen der *Addams Family* speziell für Kinder gedreht. Und im deutschen Fernsehen lief die Serie *Der kleine Vampir*, die nach den Büchern von Angela Sommer-Bodenburg entstand.

GRAF DUCKULA 1988 wurde in England die erste Folge der Zeichentrickserie *Graf Duckula* ausgestrahlt, deren Hauptfigur eine seltsame Mischung aus Donald Duck und Dracula ist. Mit von der Partie sind auch der Diener Igor, die Haushälterin Nanny und ein gewisser Dr. Gänseflügel. Inzwischen ist der vegetarisch (!) lebende Vampir in aller Welt beliebt.

SESAMSTRASSE Für die jüngsten Fernsehzuschauer dachten sich die Produzenten der Sesamstraße die Figur des Graf Zahl aus, der Kindern das Zählen beibringt. Leider geht im Deutschen bei seinem Namen der Wortwitz verloren: Im Englischen heißt die Figur Count Count, wobei »count« sowohl Graf wie auch zählen bedeutet.

ÜBERSICHT VAMPIRFILME

■ DIE VAMPIRFILME VON HAMMER

Da die englische Filmgesellschaft Hammer die meisten Vampirfilme gedreht hat, sind die Produktionen aus ihren Studios nachfolgend separat zusammengestellt. Natürlich sind die Filme nicht alle gleich gut, spannend oder gruselig. Hammer ist mittlerweile ein Begriff geworden und es gibt sogar einen Hammer-Fanclub und die Original-Filmplakate werden für teures Geld gehandelt. Die meisten Hammer-Filme sind auch auf Video erschienen.

DREI KATEGORIEN Die Vampirfilme von Hammer kann man in drei Kategorien einteilen: acht Dracula-Filme (alle, bis auf zwei, mit Christopher Lee in der Hauptrolle), drei Carmilla-Filme und fünf weitere über andere Vampire. In dieser Reihenfolge sind sie nachstehend aufgelistet.

■ DIE DRACULA-FILME

DRACULA (1958) Für die meisten noch immer der einzig wahre Dracula-Film. Bram Stokers Geschichte in abgespeckter Form. Unvergleichlich ist der Schluss, als der Vampir stirbt. Peter Cushing überzeugt als Van Helsing.

DRACULA UND SEINE BRÄUTE (1960) Da Christopher Lee nicht mitspielen wollte, ist Dracula in diesem Film tot. Ein »Ersatzmann« bemüht sich nach Kräften in einem Töchterpensionat möglichst viel »anzubeißen«. Auch Van Helsing wird gebissen und muss die Wunde ausbrennen. Autsch!

BLUT FÜR DRACULA (1966) Vier englische Reisende nächtigen auf Schloss Dracula. Einer von ihnen wird im Keller ermordet – sein Blut erweckt Dracula wieder zum Leben. Am Ende des Films bricht der Graf im Eis ein, was ihm nicht gut bekommt (Merke: Strömendes Wasser ist gesundheitsschädlich für Vampire). An Stelle von Van Helsing ist diesmal ein Priester namens Vater Sandor Draculas Gegenspieler.

DRACULAS RÜCKKEHR (1968) Auch in diesem Film kämpft ein Priester (Monsignore) gegen Dracula. Ein ganzes Dorf ist vor Angst wie gelähmt. Der Film bleibt spannend bis zum Schluss, als Dracula auf ein großes Kreuz fällt und so sein Ende findet.

WIE SCHMECKT DAS BLUT VON DRACULA? (1970) Drei Familienväter lassen sich auf der Suche nach Abenteuern mit Draculas Diener ein. Sie versuchen mittels einer schwarzen Messe den Grafen zu erwecken, dabei kommt sein Diener ums Leben. Dracula bringt daraufhin die Kinder der drei Männer in seine Gewalt und nimmt blutige Rache. Am Ende zerfällt er durch eine ganze Reihe effektiver Maßnahmen (Sonnenlicht, Altar, Kreuz usw.) zu Staub.

DRACULA – NÄCHTE DES ENTSETZENS (1970) Das Entsetzen ist vor allem Klove, dem Diener Draculas, ins Gesicht geschrieben, der selbst für geringste Verfehlungen von seinem Herrn ausgepeitscht wird. Dracula wird am Ende des Films aufgespießt und gleichzeitig vom Blitz getroffen. Zurück bleibt ein Häufchen Asche. Auf Grund der vielen Gewaltszenen ist der Film nichts für Leute mit schwachen Nerven.

DRACULA JAGT MINI-MÄDCHEN (1972) Im Original heißt dieser Film *Dracula A. D. 1972* (= Dracula im Jahr 1972). Er spielt inmitten der Londoner Popkultur (Mini-Mode, Rockmusik usw.) und sollte vor allem das jüngere Publikum ansprechen. Beeindruckende Aufnahmen entstanden in einer verfallenen Kirche, in der Johnny Alucard (lies den Namen rückwärts!) den Grafen zum Leben erweckt. Van Helsings Ururenkelin Jessica gerät in Gefahr, wird jedoch am Ende gerettet.

DRACULA BRAUCHT FRISCHES BLUT (1973) Der letzte Film mit Christopher Lee. Dracula ist ein reicher Geschäftsmann, der mit einem Pestbazillus die gesamte Menschheit ausrotten will. Das zeugt nicht gerade von Intelligenz; wen soll er dann noch beißen? Ein letztes Mal vernichtet Van Helsing (gespielt von Peter Cushing) den Vampirgrafen. In diesem Film wimmelt es von abartigen, durchgedrehten und fast wahnsinnigen Menschen und deren krankhaften Plänen. – PS: An diesen Film möchte nicht einmal Christopher Lee erinnert werden!

■ DIE CARMILLA-FILME

GRUFT DER VAMPIRE (1970) Dieser Film hält sich weitgehend an das Buch von Le Fanu. Die Traumsequenz zu Beginn ist wirklich phantastisch. Der Inhalt kurz und knapp: entblößte Zähne und viel nackte Haut.

NUR VAMPIRE KÜSSEN BLUTIG (1970) Schauplatz dieses Films ist ein Internat. Wer es lebend verlassen will, sollte sich von einer gewissen Mircalla fern halten. Wiederum etwas freizügig.

DRACULAS HEXENJAGD (1971) Im Original heißt der Film *Twins of Evil* (= Zwillinge des Bösen). Eine der Zwillingsschwestern ist gut, die andere böse, doch sie sehen vollkommen gleich aus. Der Zuschauer weiß nie, wen er vor sich hat, was die Spannung erhöht.

■ ANDERE HAMMER-FILME

DER KUSS DES VAMPIRS (1964) Ein junges Paar fällt einer Gruppe Vampire in die Hände. Seltsamerweise werden diese am Ende von einem Schwarm Fledermäuse umgebracht (!?).

COMTESSE DES GRAUENS (1971) Die Lebensgeschichte der Gräfin Báthory. Was manche Leute alles anstellen, um jung zu bleiben!

CIRCUS DER VAMPIRE (1972) Der gefürchtete Vampir Graf Mitterhouse ist zwar tot, aber sein Neffe Emil – ebenfalls ein Vampir – tourt mit einem Zirkus durch die Lande. Wenn dieser in der Nähe gastiert, bleibt man besser zu Hause.

KRONOS (1973) Ein seltsames Trio – Kapitän Kronos, Professor Grost und das Zigeunermädchen Carla – macht Jagd auf

Vampire und muss dabei allerlei Hindernisse überwinden. Viel Action.

DIE 7 GOLDENEN VAMPIRE (1974) Peter Cushing als Van Helsing, das ist okay, aber Vampire und Karate?

■ ANDERE VAMPIRFILME

Andere Vampirfilme? Nun, seit 1900 sind rund 600 Vampirfilme gedreht worden, davon allein 200 über Dracula! Nachstehend sind nur Klassiker aufgeführt, Filme also, von denen Gruselkenner sagen, dass man sie gesehen haben muss. Gut gemachte, nicht allzu blutige Filme mit viel Spannung und tollen Spezialeffekten oder solche, in denen der Vampir unter neuen Gesichtspunkten dargestellt ist.

NOSFERATU – EINE SYMPHONIE DES GRAUENS (DEUTSCHLAND 1922) Der erste Auftritt eines Filmvampirs: gruselig und schön zugleich. Ein Stummfilm in Schwarzweiß. Später mit Musik unterlegt. Vor allem das Schloss von Graf Orlok wirkt ausgesprochen schaurig.

LONDON AFTER MIDNIGHT (= LONDON NACH MITTERNACHT, USA 1927) Der Film erzählt die Geschichte eines Vampirs, der mit seiner leichenblassen Tochter auf der Suche nach menschlicher Beute durch die Sümpfe watet. Lon Chaney, der die Hauptrolle spielt, trägt in diesem Film ein Gebiss aus echten geschliffenen Tierzähnen.

DRACULA (USA 1931) Bram Stokers Geschichte in gekürzter

Form. Der erste Dracula-Tonfilm. Bela Lugosis Akzent finden manche furchtbar, andere sind davon begeistert. Die Szene, in der Dracula die Treppe herabkommt, ist jedenfalls weltberühmt.

VAMPYR – DER TRAUM DES ALLAN GRAY (DEUTSCHLAND/FRANKREICH 1932) Dieser Film basiert auf der Erzählung *Carmilla*. Erwähnenswert sind vor allem die eindrucksvollen Traumsequenzen. Ein Film, den man sich mehr wegen der Atmosphäre als wegen des Inhalts ansieht.

DIE STUNDE, WENN DRACULA KOMMT (ITALIEN 1960)
Eine Hexe namens Asa wird mit einem Tropfen Blut wieder zum Leben erweckt. Besonders schrecklich ist die Anfangsszene: Asa bekommt eine Hexenmaske (mit Nägeln an der Innenseite!) aufgesetzt. Wegen dieser Szene durfte der Film in England erst ab 1968 gezeigt werden.

THE LAST MAN ON EARTH (= DER LETZTE MENSCH AUF ERDEN, ITALIEN/USA 1964) Die erste Verfilmung von Richard Mathesons Roman (siehe Kapitel 11) mit dem Gruseldarsteller Vincent Price in der Hauptrolle.

PLANET DER VAMPIRE (ITALIEN/SPANIEN 1965) Ein Raumschiff landet auf einem Planeten, der von »Untoten« bevölkert ist. Die Spezialeffekte in diesem Film sind ausgesprochen unheimlich und dienten anderen Filmemachern als Inspiration, u.a. dem Regisseur des Horrorfilms *Alien*.

TANZ DER VAMPIRE (GROSSBRITANNIEN 1967)
Ein wirklich lustiger Film über zwei schrullige Vampirjäger, die in

einem Schloss voller Vampire in allerlei groteske Situationen geraten. Was für ein Pech, dass im Ballsaal ein Spiegel hängt ...

DER OMEGA-MANN (USA 1971) Die zweite Verfilmung von Mathesons Buch *Ich, der letzte Mensch*. Ein spannender Streifen mit Charlton Heston in der Hauptrolle.

BLACULA (USA 1972) Der afrikanische Prinz Manuwalde reist im 19. Jahrhundert durch Europa. Er wird von Dracula gebissen und in einen Sarg verfrachtet, der ein Jahrhundert später im modernen Los Angeles wieder auftaucht. Manuwalde (oder Blacula = Black Dracula) entkommt aus dem Sarg und begeht am Ende Selbstmord, indem er sich dem Tageslicht aussetzt. Der erste »gute« Filmvampir.

MARTIN (USA 1976) Alptraumhaft. Martin wird von seinem Onkel Maazel verdächtigt ein Vampir zu sein. Als solcher bedient er sich jedoch nicht seiner Zähne, sondern verwendet Rasiermesser und Injektionsnadeln. Der Zuschauer fragt sich die ganze Zeit über, ob Martin nun tatsächlich ein Vampir ist oder das Ganze nur träumt.

NOSFERATU, PHANTOM DER NACHT (DEUTSCHLAND 1978) Moderne Version von Murnaus Film aus dem Jahr 1922. Klaus Kinski wirkt als Nosferatu Grauen erregend und spielt zugleich eine tragische Figur, die unter Einsamkeit leidet.

DRACULA (USA 1979) Die moderne Version des Bela-Lugosi-Films. Frank Langella spielt die Hauptrolle überzeugender. In der besten Szene begegnet Van Helsing seiner »untoten« Tochter in einem Bergwerkstollen.

LIEBE AUF DEN ERSTEN BISS (USA 1979)
Draculas Schloss wird zu einem Fitnesszentrum umgebaut, woraufhin er nach New York flüchtet. Dort verliebt er sich und muss sich mit einem eifersüchtigen Psychiater und einem Nachfahren Van Helsings auseinander setzen. Nette Parodie.

BEGIERDE (GROSSBRITANNIEN/USA 1983) Der Film basiert auf der Geschichte von Strieber (siehe Kapitel 11) über die außerirdische Vampirin Miriam. David Bowie spielt einen ihrer Liebhaber.

LIFEFORCE – DIE TÖDLICHE BEDROHUNG (GROSSBRITANNIEN/USA 1985) Ein Spaceshuttle birgt drei Leichen aus einem Raumschiff, das führerlos die Erde umkreist. Wie sich herausstellt, handelt es sich um Vampire, die ihren Opfern die Lebenskraft entziehen, indem sie sie küssen (würg!).

DIE RABENSCHWARZE NACHT (USA 1985) Niemand will Charlie glauben, dass sein Nachbar ein Vampir ist! Auch auf sein großes Idol, den Vampirjäger Peter Vincent, ist kein Verlass.

VAMP (USA 1986) Eine Warnung an alle Teenager: Geht niemals in einen unbekannten Nachtclub, besonders dann nicht, wenn er After Dark Club heißt! Von der Vampirin (Grace Jones) ist am Ende jedoch nicht viel mehr übrig als ein klapperndes Gebiss.

THE LOST BOYS (= VERLORENE JUNGEN, USA 1987) Zwei Brüder entdecken, dass an ihrem neuen Wohnort eine Bande Punker-Vampire ihr Unwesen treibt. Doch was hat ihr Großvater damit zu tun und wer ist der Anführer der Vampire?

NEAR DARK – DIE NACHT HAT IHREN PREIS (USA 1987)
Ein Cowboy fällt einer Bande schmuddeliger Vampire in die Hände, die durch Amerika zieht. Er wird einer von ihnen, weigert sich aber Blut zu trinken.

MEIN NACHBAR, DER VAMPIR (USA 1988)
Fortsetzung von *Die rabenschwarze Nacht.* Die Schwester des Vampirs, der im Vorgänger-Film getötet wurde, will an Charlie und Peter Vincent Rache nehmen. Abgrundhässlich sieht sie aus, wenn sie wütend ist!

TÖDLICHE LIPPEN (USA 1988) Vlad Tepish kämpft mit einem anderen Vampir um die Gunst einer schönen Frau. Ein guter gegen einen bösen Vampir . . .

BLOODY MARIE, EINE FRAU MIT BISS (USA 1992) Die Vampirin Marie bekommt es mit der Mafia zu tun. Das führt zu interessanten Situationen. So muss sie zum Beispiel (ganz gegen ihre Natur) italienisch essen gehen.

BRAM STOKER'S DRACULA (USA 1992) Dracula glaubt, in Mina Harker seine verstorbene Frau Elisabetha wieder zu erkennen. Ein Film über Liebe und Hass in überwältigend ausdrucksstarker Darstellung.

SLEEPWALKERS (= SCHLAFWANDLER, USA 1992) Mutter und Sohn – beide Vampire – können sich in Tiere verwandeln. Nur die Katzen der Stadt wissen, was wirklich vorgeht. Kein Film für Katzenfreunde.

INTERVIEW MIT EINEM VAMPIR (USA 1994) Die Verfilmung von Teil 1 der *Chronik der Vampire* von Anne Rice (siehe Kapitel 11). Tom Cruise überzeugt als Lestat.

VAMPIRE IN BROOKLYN (USA 1996) Eddie Murphy will als letzter Vampir ein neues Geschlecht gründen, aber alle arbeiten gegen ihn, sogar die Frau, die er als Partnerin im Auge hat. Witzig und mit vielen Anspielungen auf Stokers Roman.

FROM DUSK TILL DAWN (= VON SONNENUNTERGANG BIS SONNENAUFGANG, USA 1996) Zwei Gangster und ihre Geiseln landen in einer Bar voller Vampire und müssen sich – im wahrsten Sinne des Wortes! – mit diesen herumschlagen. Am Schluss kommt es zu einem fürchterlichen Blutbad.

DRACULA: TOT, ABER GLÜCKLICH (USA 1996) Mit Leslie Nielsen, chaotisch wie immer. Witzige Satire, die sich an Stokers Buch orientiert.

14. VAMPIR ZU VERKAUFEN

»Mein Stolz! Der Vampyr.«

Reklametext eines Staubsauger-Herstellers

Hundert Jahre nach Erscheinen des Romans *Dracula* ist das Interesse an Vampiren größer denn je. Der Vampir lebt – und ist inzwischen jedem ein Begriff: den Kleinkindern und Schülern, Studenten und Hausfrauen und sogar den Professoren, die schlaue Bücher über ihn schreiben. Er ist so präsent, dass man denken könnte, er wäre ein tatsächlich existierendes Wesen und kein Mythos.

Mit dem Vampir lassen sich sogar Geschäfte machen. Man kann ihn in vielerlei Gestalt käuflich erwerben und auch bei Werbefachleuten ist er sehr beliebt. Dass ein Blutsauger Menschen zum Kauf bestimmter Produkte animieren soll, muss an seiner offenbar immer noch vorhandenen mysteriösen Anziehungskraft liegen. Wie er in Geschichten seine Opfer hypnotisiert und geradewegs zu seinen scharfen Eckzähnen lockt, lockt er heutzutage Menschen in Geschäfte, Filme und sogar in Hamburger-Restaurants. Auf diese Weise hat er nach wie vor einen enormen Einfluss auf die Menschen.

In diesem Kapitel wird anhand einiger Beispiele gezeigt, wie der Vampir immer wieder an Orten auftaucht, wo man ihn nicht vermutet. Und Sammler bekommen einen kurzen Überblick, was es auf dem Vampirmarkt alles zu kaufen gibt.

■ WERBUNG

SUPERSAUGKRAFT »Mein Stolz! Der Vampyr.« Dieser Text stand vor Jahrzehnten auf einem Werbeplakat, das eine Hausfrau beim Staubsaugen zeigte. Der Name ließ keinen Zweifel an der Saugkraft des Staubsaugers.

ALARMANLAGE Im Lauf der Zeit hat der Vampir für zahllose Produkte Werbung gemacht: Zahnpasta, Schaumbad, Süßigkeiten, Malbücher, Wodka und sogar für Alarmanlagen. »Hält ungebetene Gäste fern« lautete der Reklametext eines amerikanischen Herstellers von Alarmanlagen namens Schlage Lock Company. Das zugehörige Bild zeigte einen Vampir, der vergeblich versucht durch ein Fenster ins Haus zu kommen.

JOGURTVAMPIR Kürzlich warb ein niederländischer Hersteller von Milchprodukten für Trinkjogurt mit einem gereimten Werbeslogan, in dem Dracula eine Oma verfolgt. Der Graf muss wohl sehr durstig gewesen sein, denn normalerweise bevorzugt er doch junge Damen.

ALKOHOLISIERTER VAMPIR Ein Wodkahersteller ließ Karten drucken, auf denen eine Vampirin abgebildet war, die gerade einen Mann in den Hals beißen will. Wenn man die Karte einsandte und auf der Rückseite die Anschrift eines Freundes oder einer Freundin angab, bekam diese(r) gratis ein Poster mit dem gleichen Motiv zugeschickt. Eine hübsche Art und Weise jemandem zu verstehen zu geben, dass man ihn zum Anbeißen findet!

■ VAMPIRKARTEN

Auf T-Shirts und Karten findet man den Vampir häufig abgebildet. Auf Neujahrskarten hebt er fröhlich ein Gläschen Blut auf das kommende Jahr. Auch zu Halloween, dem amerikanischen Allerheiligenfest am 31. Oktober, wenn alle Teufel und Geister aus der Hölle losgelassen werden, steht der Vampir hoch im Kurs. Amerikanische Kinder ziehen dann als Vampire, Hexen, Gespenster oder

Monster verkleidet durch die Straßen und schicken einander Karten mit Texten wie: Was für ein Haustier hat Dracula? Antwort: Einen Bluthund.
Der böse, Furcht erregende Blutsauger als Witzobjekt – ob ihn das wohl freut?

KEIN AUTOGRAMM Bei Film-, Musik- und Sportstars kann man Autogrammkarten (Fotos mit Unterschrift) anfordern. Bei Vampiren ist dies anders. Niemand hat Dracula bisher dazu gebracht, sein Autogramm zu geben. Vielleicht signieren Untote keine Fotos, weil man sie eigentlich gar nicht richtig fotografieren kann? Schauspieler dagegen, die Vampire darstellen, werden dir gern ein Foto mit Autogramm schicken.

POSTERS Wie von jedem großen Star gibt es vom Vampir Bilder aller Art – von der Postkarte bis zum Riesenposter. Nach dem großen Erfolg von *Bram Stoker's Dracula* von Coppola wurden Filmszenen auf Ansichtskarten herausgebracht. Auch das Plakat mit der Überschrift »Love never dies« (= Die Liebe stirbt nie) diente als Kartenmotiv. Als Poster bekam man es eine Zeit lang gratis beim Kauf einer Flasche Cola. Auch von älteren Dracula-Filmen, sogar dem ersten mit Bela Lugosi aus dem Jahr 1931, werden Original-Filmplakate nachgedruckt (vor allem in Amerika, wo Lugosi eine Legende ist).

HAMMER-KARTEN Die englische Filmgesellschaft Hammer (siehe auch Kapitel 13) brachte 1996 einen Satz Sammelkarten zu den Vampirfilmen heraus, die zwischen Ende der 1950er- und Anfang der 1970er-Jahre in ihren Studios produziert wurden. Schöne Bilder u. a. von Christopher Lee als Dracula mit Kurzbeschreibungen der Filme und der handelnden Personen auf der Rückseite.

TÄTOWIERUNG Als der Film *Interview mit einem Vampir* (siehe Kapitel 13) in die Kinos kam, legte eine niederländische Zeitschrift dem Heft, in dem der Film angekündigt wurde, eine Karte mit einem Vampirbiss zum Abziehen bei. Den Biss, der wie eine Tätowierung aussah, konnte man sich an den Hals kleben.

VAMPIRSPIEL In Amerika kam ein Spiel namens »Vampire: the Masquerade« (= Maskenfest der Vampire) heraus, bei dem die Teilnehmer Vampire darstellen. Begeisterte Vampirfans gehen dabei vollständig in ihrer Rolle auf: Sie verkleiden und schminken sich und halten Versammlungen ab, die nach bestimmten Regeln ablaufen. Das Vampirspiel hatte 1996 tragische Folgen: Einige Jugendliche in Florida identifizierten sich so stark mit ihrer Vampirrolle, dass sie die Grenze zwischen Spiel und Wirklichkeit überschritten. Sie wurden wegen Mordes verhaftet und in eine psychiatrische Klinik eingewiesen. Mit Recht. Vorfälle dieser Art bewirken, dass der Vampir einen ganz falschen Ruf bekommt (dass er von Natur aus bereits einen schlechten Ruf hat, ist etwas ganz anderes). Eine wichtige Regel der Gruselkunst lautet:

Wer es mag, der darf sich gruseln,
doch er sollte stets bedenken,
dass den wahren Kunstgenuss
Bücher nur und Filme schenken.

■ VAMPIRZÄHNE UND ANDERE SCHERZARTIKEL

ZÄHNE Es gibt keine andere Berühmtheit, deren Gebiss man als Imitation in Scherzartikel-Läden kaufen kann. Vermutlich wollte auch niemand mit den Zähnen von Elvis Presley oder Michael Jackson herumlaufen. Beim Vampir ist dies anders: Seine Zähne steckt man sich mit Vergnügen in den Mund. Vampirgebisse aus Plastik werden alljährlich in großen Mengen überall auf der Welt verkauft.

CAPES Vampirkostüme erfreuen sich ebenfalls großer Beliebtheit; vor allem zur Karnevalszeit werden zahlreiche Vampire in schwarzen Capes gesichtet. Diese und weitere Utensilien wie Masken, Klauen, Plastiktütchen mit künstlichem Blut, aufblasbare Vampire usw. findet man in jedem Scherzartikel-Geschäft. Nimm zum Einkaufen sicherheitshalber einen Taschenspiegel mit, denn in solchen Läden halten sich bevorzugt echte Vampire auf, weil sie dort kaum auffallen.

■ VAMPIR-LECKEREIEN

Einen Anschlag auf die Zähne verüben die vielen Vampir-Süßigkeiten, die es im Handel gibt oder gab: Schokolade und Cornflakes (Count Crunch bzw. Count Chocula, beides aus Amerika), spanische Lollys (El Conde Dracula), Fledermausbaisers, Vampirlakritz und Drakis, ein Knabbergebäck in Form von Gespenstern und Vampiren, das man in den Niederlanden und in Griechenland kaufen konnte.

ZAHNPASTA Damit nach all der Nascherei keine Zahnschmerzen auftreten, hat man in Amerika Dracula-Zahnpasta auf den Markt gebracht. Davon glänzen die Eckzähne besonders schön, aber länger und schärfer werden sie nicht.

■ VAMPIRSPIELZEUG

MODELLBAUSÄTZE Auch durch die Spielwarenbranche geistern Dracula und Konsorten immer wieder.
Anfang der 1960er-Jahre brachte die amerikanische Firma Aurora Modellbausätze von bekannten Film-Monstern heraus, die auch exportiert wurden. Darunter waren ein Werwolf, eine Hexe, Frankensteins Monster und Dracula. Man baute die Figuren aus Einzelteilen zusammen und malte sie anschließend bunt an. In den 1990er-Jahren kamen diese alten Modelle erneut auf den Markt. Wiederum ein Zeichen, dass es mit Dracula noch lange nicht zu Ende ist.

ZUM KUSCHELN Seit den 1980er-Jahren gibt es in Spielwarenläden auch Vampirpuppen für kleinere Kinder. Dass der schrecklichste Blutsauger aller Zeiten zum »Schmuse-Objekt« umfunktioniert wurde – ist das nicht merkwürdig? –, beweist einmal mehr, wie enorm beliebt er ist. Offenbar haben die Eltern nichts dagegen, dass ihre Kinder abends mit einem Kuschelvampir im Arm einschlafen.

GRAF ZAHL Der bekannteste Spielvampir ist wohl Graf Zahl aus der Sesamstraße, der dem berühmtesten Dracula-Darsteller, Bela Lugosi, ähnelt. Er ist ein harmloser Vampir, der kleinen Kindern das Zählen beibringt.

Hinter Graf Zahl steckt übrigens ein alter Volksglaube, der besagt, dass Vampire zwanghafte Zähler sind. Eine Methode, wie man sich einen Vampir vom Hals halten kann, funktioniert folgendermaßen: Man schüttet Getreidekörner oder Samen in seinen Sarg. Sobald er aufwacht, fängt er an die Körner zu zählen und verlässt sein Grab erst, wenn er damit fertig ist (siehe auch Kapitel 7).

GRUSELPUPPE Spielvampire sind zum Liebhaben gedacht und sehen deshalb nett und freundlich aus – ganz anders als »echte« Vampire.
1985 kam in Amerika eine Dracula-Puppe auf den Markt, die weder lieb noch kuschelig aussah, sondern ziemlich Furcht erregend: Die so genannte »Draculadoll« hatte blutunterlaufene Augen und deutlich sichtbare lange Eckzähne. Sie wurde in einem Sarg aus schwarzer Pappe als Verpackung geliefert und man erhielt beim Kauf ein »Totheits«-Zertifikat. Auf Letzterem stand u. a. zu lesen: Beruf: Selbstständiger Vampir. Alter: 462 Jahre. Todesursache: Pflock durchs Herz. Wegen ihres unheimlichen Aussehens wurde die Dracula-Puppe nach kurzer Zeit wieder aus dem Handel genommen. In Spielwarenläden sind eben doch die freundlichen Vampire beliebter. Aber wie es sich für einen Vampir gehört, tauchte der gruselige Spiel-Dracula in den 1990er-Jahren in einem Warenlager und kurz darauf im Angebot eines amerikanischen Versandhauses wieder auf.

■ COMICVAMPIRE

Zu den erfolgreichen Comics über amerikanische Superhelden wie Spiderman, Superman, Batman und Spawn gibt es mittlerweile komplette Spielwarenserien. Auch hier darf der Vampir nicht fehlen und so kann man inzwischen Spiderman- und Spawn-Vampire kaufen, die allerdings wesentlich abschreckender aussehen als die netten Spielvampire. Erhältlich sind sie im Comic-Fachhandel.

■ HAMBURGER-VAMPIRE

Das bekannte Schnellrestaurant Mc Donald's bot 1996 zu seinem Happy Meal einen Spielvampir an. Außerdem gab es ein kleines Gespenst, eine Hexe und Frankensteins Monster.
Bei Quick, einer anderen Kette, erhielt man im gleichen Jahr zum Kindermenü eine Vampirbrille, deren Fassung aus einem Vampir mit Leuchtaugen bestand. Dass der Vampir bereits in die Hamburger-Restaurants vorgedrungen ist, beweist endgültig, dass er allgemein akzeptiert und (an)erkannt wird.
Die harmlosen kleinen Plastikvampire sollen möglichst viel Kundschaft anlocken. Ob allerdings jemand ein solches Restaurant betreten würde, wenn an der Tür ein echter Vampir freundlich lächelnd blutige Hamburger anpreisen würde? Und hat eigentlich schon mal jemand kontrolliert, ob alle Kunden wieder lebend herauskamen?

■ DER MUSIKALISCHE VAMPIR

FILMMUSIK Vampirmusik findet man als Soundtracks von Gruselfilmen, die als LP oder CD erscheinen. Die Dracula-Filme von Hammer (siehe Kapitel 13) sind mit bedrohlich wirkender Musik untermalt, die meist von klassischen Orchestern gespielt wurde.
Ganz anders verhält es sich mit der Musik moderner Vampirfilme, zum Beispiel *From Dusk Till Dawn* (= Von Sonnenuntergang bis Sonnenaufgang). In diesem Film erklingen knallharte Rockmusik, Country und Western, Blues, kurz gesagt, alle möglichen Stile, die

zu diesem sehr blutigen Streifen passen (den sich Leute mit empfindlichem Magen auf keinen Fall ansehen sollten!).

ROCKSTAR Es gibt sogar einen Vampir, der in der Musikszene Karriere gemacht hat: Lestat, der Vampir aus den Büchern von Anne Rice (siehe Kapitel 11). Im zweiten Band der Reihe mit dem Titel *Der Fürst der Finsternis* ist Lestat ein Rocksänger, von dem vier Millionen CDs verkauft werden.

VIDEOCLIPS Manchmal tauchen Vampire auch in Videoclips auf, beispielsweise in dem Clip zu dem Song »Break Away« von ZZTop, du weißt schon, die Typen mit den langen Bärten und den dunklen Sonnenbrillen (!). Der berühmte Popstar Sting schrieb ebenfalls einen Vampirsong: »Moon over Bourbonstreet« (= Der Mond über der Bourbonstraße), zu dem ihn Anne Rice' Buch *Gespräch mit dem Vampir* (siehe Kapitel 11) inspirierte.

GOTHIC In den 1980er-Jahren entstand in der Musik eine neue Stilrichtung, bei der Vampire und verwandte Themen eine Rolle spielen: The New Gothic Movement. Der Name leitet sich von den so genannten »Gothic novels« aus dem achtzehnten Jahrhundert ab. Diese Gothic novels waren Schauerromane, die in alten Klöstern und Schlossruinen oder auf Friedhöfen spielten. Bands, die dieser neuen Musikrichtung angehören, nennen sich zum Beispiel Nosferatu, The Cult (= Der Gottesdienst), The Cure (= Die Heilung), The Sisters of Mercy (= Die Gnadenschwestern). Ihre Stücke klingen düster und geheimnisvoll und die Musiker treten oft als »Untote« auf, mit weiß geschminkten Gesichtern und dunklem Lidschatten. Auf den Hüllen ihrer CDs sind Friedhöfe, Schlösser und Spinnweben oder Fotos aus alten Schwarzweißfilmen mit Bela Lugosi abgebildet.

■ VAMPIRBALLETT UND GRUSICAL

Wer glaubt, Ballett sei nur etwas für Softies, der liegt falsch. Sogar Dracula hat sich an diese sehr schwierige Kunst gewagt. 1997 machte das Northern Ballet Theatre mit einer Dracula-Ballettaufführung auf der Grundlage von Stokers Roman eine Tournee durch England. Tanzend schlug der Graf seine Eckzähne in die zarten Hälse junger Damen.

Etwas früher, im Jahr 1991, konnte man Dracula in Flandern und den Niederlanden in einer Aufführung des Königlich-Flämischen Balletts beim Spitzentanz bewundern.

Auch als Musicalstar stand Dracula schon mehrfach auf der Bühne, zum Beispiel in Tschechien: Das Musical *Dracula* wurde am Freitag, den 13. Oktober 1995 (man beachte das »passende« Datum!) im Prager Kongresszentrum uraufgeführt und lief viele Monate lang. Die jüngste Produktion – *Dracula* als Musikdrama mit Uwe Ochsenknecht als Vampirgraf und Helen Schneider als Mina Murray – war im Sommer 1998 auf mehreren deutschen Openair-Bühnen zu sehen.

Musik- und Theatervergnügen speziell für Kinder bietet das Musical *Der kleine Vampir,* das nach der Buchreihe von Angela Sommer-Bodenburg über Anton und seinen Vampirfreund Rüdiger entstand. Die Premiere fand im April 1998 statt und das Musical ist noch bis Dezember 1999 an verschiedenen Orten in Deutschland, Österreich und der Schweiz zu sehen.

■ COMPUTERVAMPIRE

COMPUTERSPIELE Hat der Vampir den Computer entdeckt

oder hat der Computer den Vampir entdeckt? Wie dem auch sei: Es gibt jedenfalls Computerspiele mit Vampiren. Manche orientieren sich an Filmen *(Bram Stoker's Dracula* für Nintendo, zum Beispiel), andere bieten speziell für den Computer entwickelte »Geschichten«. Zu Letzteren gehört u.a. *Vampire's Kiss* (= Der Kuss des Vampirs, Nintendo). Bei diesem Spiel muss man Wölfe und Monster aller Art besiegen, bevor man das Schloss des Vampirs erreicht. Wer gründlich sucht, findet sicherlich noch mehr Vampir-Computerspiele, denn das Angebot wächst ständig.

■ DER CD-ROM-VAMPIR

DRACULA INTERAKTIV Auch auf CD-ROM gibt es Vampirfilme, u. a. solche, bei denen man den Verlauf der Handlung selbst bestimmt. Man entscheidet sich für eine Person, in deren Haut man schlüpfen will, und kann anschließend per Mausklick immer wieder aus mehreren Möglichkeiten wählen, wie die Geschichte weitergehen soll. Eine der ersten CD-ROMs dieser Art war *Dracula Unleashed* (= Der entfesselte Dracula, 1993). Auf ihn wird Bram Stokers Geschichte aufgegriffen und weitergeführt – anhand von Abraham van Helsings Tagebuchnotizen. Das Spiel ist eine Mischung aus echten Filmsequenzen und Trickfilmszenen.

INFORMATIV Die CD-ROM *Dracula, Truth and Terror* (= Dracula, Wahrheit und Schrecken), die 1997 in Amerika herauskam, enthält Informationen über Vlad Dracula (siehe Kapitel 8) sowie über Vampirbücher, -filme usw. Das Schönste an dieser CD-ROM ist, dass man darauf den kompletten *Nosferatu*-Film von 1922 findet, obwohl offiziell alle Kopien vernichtet wurden. Wieder einmal erweist sich der Vampir als unsterblich: Der Film existiert noch! In Deutschland erschien vor kurzem eine CD-ROM mit dem Titel *Draculas großes Vampirlexikon*. Sie bietet Informationen zum Vampir in Literatur, Film, Theater und Musik, eine historische Reise durch Bram Stokers Roman, Filmausschnitte, Tipps für die nächste Urlaubsreise nach Transsylvanien und vieles mehr.

DRACULAS GEHEIMNIS Es gibt einen Zeichentrickfilm auf CD-ROM mit dem Titel *Dracula's Secret* (= Draculas Geheimnis) von 1997. Es geht darin um die Suche nach dem Geheimnis Draculas, das in seinem Schloss in Transsylvanien zu finden ist.

■ DRACULA ALS BRIEFMARKE

Zu Halloween kam am 31. Oktober 1996 in den Vereinigten Staaten eine Briefmarkenserie mit den Porträts berühmter Film-Bösewichte heraus. Einer von ihnen war natürlich Dracula (in Gestalt des Schauspielers Bela Lugosi). Damit ist der Fürst der Finsternis der erste Vampir, der auf einer Briefmarke verewigt wurde.
Der erste Dracula auf einer Briefmarke ist er aber nicht: Bereits 1976 erschien in Rumänien eine Briefmarke mit dem Bildnis des walachischen Fürsten Vlad Dracula.

BLÜHENDES LEBEN Für einen (Un-)Toten führt der Vampir ein höchst aktives Leben, das offenbar noch lange nicht zu Ende ist. Schau dich um und dir wird klar: Der Vampir ist tatsächlich unsterblich – zumindest in unserer Phantasie.

15. DER VAMPIR IN DER ZEITUNG

»Die Frau betonte, Blut habe ihr von jeher gut geschmeckt.«

Aus: *Algemeen Dagblad*, einer niederländischen Tageszeitung
(April 1994)

Der Vampir ist ein Mythos, der sich vor Jahrhunderten aus dem Volksglauben herausentwickelte. Damals dachten die Menschen, ihre verstorbenen Verwandten kehrten als Vampire zurück. Heutzutage haben Wissenschaftler ganz andere Erklärungen für die mysteriösen blutigen Vorfälle in der Vergangenheit (siehe Kapitel 1) und Vampire gelten gemeinhin als Hirngespinste.

Dennoch findet der aufmerksame Gruselkünstler in der Zeitung zwischen all den Meldungen über Krieg, Unglücksfälle, Gewalt und Fußball gelegentlich Hinweise auf den Vampir in der modernen Zeit. Die meisten Meldungen sind nichts als Effekthascherei. Und doch wird selbst in der seriösen Presse manchmal über Menschen oder Gegenstände mit vampirischen Eigenschaften berichtet oder über unerklärliche Vorfälle, die zu denken geben. Ob ein Mythos manchmal Wirklichkeit wird?

VAMPIRSTEIN Im Oktober 1996 fanden russische Geologen (Forscher, die sich mit der Geschichte der Erdkruste, des Gesteins usw. befassen) einen geheimnisvollen Stein. Der Granitbrocken war gut elf Kilogramm schwer und lag in einem Flussbett im Altai-Gebirge in Russland. Menschen, die in die Nähe des Steins kamen oder ihn anfassen wollten, machten eine merkwürdige Erfahrung: Sie bekamen heftige Kopfschmerzen und fühlten sich ermattet. Wissenschaftler, die sich mit der Angelegenheit befassten, kamen zu dem Schluss, dass der Stein den Menschen Energie entzog, ähnlich wie ein Vampir seinen Opfern Blut aussaugt. Wegen dieser Eigenschaften nannte man ihn »Vampirstein«. Ein interessanter Begleitumstand: Auf dem Stein war deutlich der Abdruck einer dinosaurierähnlichen Klaue zu erkennen. Ob es wohl irgendwann in der Vergangenheit Vampir-Dinosaurier gegeben hat? Die Meldung erschien jedenfalls in mehreren seriösen Tageszeitungen.

DER VAMPIR VON WLADIWOSTOK Im Jahr 1994 verhaftete die Polizei in Wladiwostok (Russland) eine Frau, die einen Verkehrspolizisten umgebracht und ihm das Blut ausgesaugt hatte. Sie leugnete ihre Tat nicht. Blut habe ihr von jeher gut geschmeckt, sagte sie. Bereits als Kind habe sie mit Begeisterung an Schnittwunden an ihrer Hand gesaugt. In den Zeitungen wurde die Frau als »Vampir von Wladiwostok« bezeichnet. Dies mutet ein wenig seltsam an, denn eigentlich hat man eher den Eindruck, dass es sich um jemanden mit einer psychischen Störung handelt. Eine Beleidigung für jeden echten Vampir!

VAMPIR AUF ASYLSUCHE Auffallend ist, dass diese beiden Vorfälle sich in Russland ereigneten. Früher kamen die meisten Geschichten über Vampire aus Transsylvanien, das heute zu Rumänien gehört. Sind die Vampire etwa nach Russland ausgewandert? Muss Russland bald ein Zentrum für Asyl suchende Vampire einrichten?

BLUTSPENDE FÜR DRACULA Ein Kinobesitzer in der französischen Stadt Amiens ließ sich 1993 etwas Raffiniertes einfallen, wie in verschiedenen Zeitungen gemeldet wurde: Wer bereit war Blutspender zu werden und sich in einem Bus, der vor seinem Kino stand, Blut abnehmen ließ, bekam zwei Freikarten für den Film *Bram Stoker's Dracula* geschenkt.
Es fragt sich, für wen das Blut bestimmt war. Und wer war überhaupt der Kinobesitzer? Darüber gaben die Zeitungsberichte keine Auskunft. Erfahrene Gruselkünstler wissen ohnehin, dass man bei Bussen stets besonders vorsichtig sein sollte . . .

VAMPIRHUND Auch in der Sensationspresse darf der Vampir

nicht fehlen. Im Oktober 1993 erschien in der niederländischen Zeitung *De Nieuwe* (= Die Neue) ein Bericht über einen »monsterartigen Vampirhund«. Es handelte sich um einen Pudel mit ausgeprägten Reißzähnen, der angeblich 22 Menschen in Stücke gerissen hatte. Dieser erstaunliche Fall von Vampirismus ereignete sich in Bulgarien. »Wir vermuten, das Tier stammt aus den Transsylvanischen Alpen«, sagte der Polizeisprecher, nachdem man den Hund gefangen hatte. »Vielleicht ist es der Hund eines modernen Dracula.«

Die Zeitung *De Nieuwe* erschien alle zwei Wochen und brachte hauptsächlich Sensationsmeldungen. Zwei andere interessante Berichte aus dieser Zeitung waren überschrieben mit: »Mann sitzt bereits seit 43 Jahren in der Badewanne« und »Von Regenwasser wird man dumm«.

KNOBLAUCH Im Jahr 1993 rief eine rumänische Zeitung die Landbevölkerung auf sich mit reichlich Knoblauch einzudecken, um Werwölfe abzuwehren, »weil allgemein bekannt ist, dass böse Geister sich vor Knoblauch fürchten.«

Wahrscheinlich lachten sich die Werwölfe über diese Notiz krumm, während die Vampire in ihren Gräbern aufstöhnten, denn wie jeder Gruselkünstler weiß, haben Vampire (und nicht Werwölfe!) eine Abneigung gegen Knoblauch.

Die Redakteure dieser rumänischen Zeitung täten gut daran, das *Vampirhandbuch* zu lesen. Oder sind die Vampire etwa tatsächlich nach Russland geflohen und in Rumänien übernehmen die Werwölfe deren Part? Zweifellos ein interessantes Thema für die Semesterarbeit eines künftigen Studenten der Vampirologie.

SCHLOSS DRACULA EINSTURZGEFÄHRDET 1994 wurde in

Rumänien Alarm geschlagen: Draculas Schloss drohte einzustürzen! Dass diese Meldung um die Welt ging, beweist, wie berühmt Dracula ist.
Gemeint war die Burg Bran, die 1377 in den felsigen Karpaten errichtet wurde. Das Gestein war durch Wind und Wetter zum Teil abgetragen worden und die Burgmauern hatten tiefe Risse bekommen.
Die rumänische Regierung hat von jeher für Dracula, »den Vampir«, nicht viel übrig. Er gefährde den Ruf des Landes, so meint man. Wirtschaftlich gesehen spielt er jedoch eine bedeutende Rolle. Jährlich reisen tausende von Touristen zu seinem Schloss, um mit eigenen Augen zu sehen, wo Dracula gelebt hat (auch wenn es sich bei dem ehemaligen Schlossbewohner nicht um den Vampir, sondern um den Tyrannen Vlad Dracula aus dem fünfzehnten Jahrhundert handelte). Deshalb entschloss man sich die Burg wieder in Stand zu setzen und auf diese Weise weiterhin Touristen und damit Geld anzulocken. Nachdem Dracula früher seine Landsleute ausgesaugt hat, scheint heute sein Schloss die Touristen (die allerdings freiwillig kommen) auszusaugen. Ein Fall von Vampirismus?

ZIEGENSAUGER Große Aufregung in Mexiko im Jahr 1996! Eine Zeitungsmeldung ging um die Welt: El Chupacabras, ein vampirähnliches Wesen, hatte innerhalb einer Woche in zehn verschiedenen Bundesstaaten hunderte von Tieren getötet, indem es ihnen das Blut aussaugte, ohne jedoch Blutspuren zu hinterlassen. Ziegen, Hühner, Lämmer, Schafe – sie alle standen auf der Speisekarte von El Chupacabras, dem Ziegensauger. In Fernsehberichten sah man angstvolle Menschen, die wirre Geschichten erzählten und daneben zufriedene Händler mit prallen Geldbörsen;

T-Shirts mit Abbildungen des Wesens fanden reißenden Absatz. Eine Zeit lang war El Chupacabras ebenso berühmt und populär wie Dracula, obwohl er auf manchen Abbildungen eher wie eine Comicfigur aussah.

AKTUELL Hundert Jahre alt und dennoch stets aktuell und gut für Zeitungsmeldungen – nicht viele Hundertjährige können Dracula dies nachmachen. Die Zeitungsberichte beweisen einmal mehr, dass er noch immer unter uns ist, sogar in der Phantasie von Journalisten. Ein kurzer Artikel, in dem der Name Dracula auftaucht, ruft stets ein Lächeln oder ein Stirnrunzeln hervor. Schließlich weiß jeder, dass der Vampir nur ein Mythos ist. Dennoch fragen wir uns manchmal insgeheim: Ist es wirklich so?

16. Vampirfans und -Zeitschriften

»Eckzähne wie Dracula hätte ich schon gern. Aber so eine Zahnarztrechnung kann ich nicht bezahlen ...«

Vampirfan in dem Artikel »Dracula hat das ewige Leben«, erschienen in *De Telegraaf*, einer niederländischen Tageszeitung (4. Januar 1997)

Gut hundert Jahre nach der Veröffentlichung von Bram Stokers Roman sind Vampire im Allgemeinen und Dracula im Besonderen beliebter denn je. Dies hätte wohl niemand vermutet, am wenigsten Bram Stoker selbst. Bei seinem Tod im Jahr 1912 hinterließ er nur wenig Geld. Er hat nie eine Verfilmung seines Romans gesehen und nie erfahren, dass Dracula hundert Jahre später auf der ganzen Welt ein Begriff ist. Ohne Dracula hätte es Graf Zahl nicht gegeben, um nur ein Beispiel zu nennen, und das Wort Vampir wäre wohl schon lange aus unserem Sprachschatz verschwunden. Sein Fortbestehen verdankt er in erster Linie Bram Stokers Roman, aber auch dem Film und nicht zuletzt dem Publikum, den Menschen, die immer wieder Neues über den Vampir lesen und sehen wollen. Damit ist Dracula das einzige Ungeheuer, das echte Fans hat. Und diese Fans lassen nicht zu, dass der Vampir in Vergessenheit gerät und ausstirbt.

■ FANS UND FREAKS

FANS Viele Fans von Fußballmannschaften oder Popstars demonstrieren ihre Vorliebe gern nach außen: ein T-Shirt von Ajax Amsterdam, ein Haarband wie Axl Rose oder eine Elvis-Tolle, es gibt alles Mögliche – Fans möchten ihrem Idol ähnlich sein.
Auch unter Vampirfans gibt es Menschen, die in ihrer Verehrung sehr weit gehen. Sie lassen sich die Eckzähne spitz zuschleifen, tragen Eckzahn-Prothesen aus Porzellan oder schminken sich mit hellem Make-up bleich. Bisher ist es aber noch niemandem gelungen, sein Spiegelbild entfernen zu lassen.

FREAKS In New York gibt es eine kleine Gemeinschaft von

Vampirfreaks, die tagsüber in Särgen schlafen und noch weitere Vampir-Gewohnheiten pflegen: Sie trinken hin und wieder Blut voneinander! Natürlich sind sie keine echten Vampire, sondern imitieren diese nur, ähnlich wie Leute, die bei einer Soundmix-Show auftreten und einen bekannten Sänger imitieren.

FANCLUBS Im fünfzehnten Jahrhundert, als man sich Geschichten über wandelnde Leichen erzählte, hätte kein Mensch vermutet, dass der Vampir jemals so populär werden würde, dass sich ihm zu Ehren sogar Fanclubs bilden. Und doch ist genau dieser Fall eingetreten.

Es gibt unzählige Vereinigungen, die sich auf irgendeine Weise mit Vampiren befassen. Sie organisieren zum Beispiel Kostümabende, diskutieren über Bücher und Filme oder machen Ausflüge zu berüchtigten Friedhöfen (wie Highgate in London, siehe Kapitel 7). Oft geben sie ein eigenes Clubmagazin heraus, in dem Geschichten, Gedichte, Neuigkeiten und Tatsachen über Vampire abgedruckt werden. Normale Menschen und Vampire können Mitglied werden.

Vampirfanclubs findet man vor allem in England und Amerika. In Deutschland gibt es, wie auch in den Niederlanden, einen Club namens Grusel & Co., dem man auch als Nicht-Vampirfan beitreten kann.

KONTAKTE Dass es Clubs und Magazine für Vampirfans gibt, spiegelt deren Bedürfnis sich mit Gleichgesinnten auszutauschen, wie dies auch die Anhänger der Serie *Star Trek* (*Raumschiff Enterprise)*, die so genannten Trekkies, tun. Aus dem einfachen Grund, weil es Spaß macht, etwas Interessantes mit anderen zu teilen. Oft aber auch, weil Vampirfans sich als »anders« empfinden, vielleicht sogar einsam sind oder eben, weil sie möglichst viel über ihr Idol erfahren möchten. Unter den Fans gibt es auch »selbst ernannte« Vampire (zu ihrem Leidwesen sind sie keine echten Untoten), die in einem Club oder über Anzeigen Artgenossen suchen.

EINSAM Vampire führen ein einsames Dasein. Allein, unter der Erde in einem Sarg oder an einem anderen dunklen Ort. Auch manche Vampirfans kennen dieses Gefühl der Einsamkeit. In der Zeitschrift *The Vampire Information Exchange Newsletter* (= Der Vampir-Informationsrundbrief) vom Juli 1995 stand folgende Anzeige: »Zwanzigjähriger Vampir sucht Brieffreundschaft mit anderen Vampir-Interessierten oder Vampiren, die wissen, wie einsam unser Leben sein kann . . .« Hoffen wir für diesen lebenden Vampir, dass sich auf seine Annonce hin kein echter untoter Vampir gemeldet hat. Denn was würde geschehen, wenn Mythos und Wirklichkeit aufeinander träfen?

COUNT DRACULA SOCIETY Der wohl älteste Club ist die 1962 in Amerika gegründete *Count Dracula Society*. Die Mitglieder sind hauptsächlich ältere Damen und Herren, die sich mit Gruselfilmen und -literatur befassen und darüber diskutieren. Bei ihrer Jahreshauptversammlung sehen sie sich gemeinsam die neuesten Vampirfilme an.

DRACULA SOCIETY Die britische *Dracula Society* existiert seit 1973. Dieser Club organisiert Reisen nach Rumänien für Leute, die auf Draculas Spuren wandeln möchten. Jedes Jahr am 8. November feiern die Mitglieder Bram Stokers Geburtstag. Die *Dracula Society* verfügt über ein umfangreiches Archiv mit Material über Dracula und alles, was mit Vampiren zu tun hat. So hat sie zum Beispiel den schriftstellerischen Nachlass von Hamilton Dean erworben, der die erste Bühnenfassung zu *Dracula* schrieb (siehe Kapitel 2). In ihrem Besitz befindet sich ferner das Dracula-Cape, das der Schauspieler Christopher Lee in den Hammer-Filmen trug.

COUNT DRACULA FANCLUB Diese größte Vampir-Vereinigung Amerikas bringt eine eigene Zeitschrift mit Dracula-Nachrichten heraus. Sie hat sogar ein Museum eingerichtet, in dem Drehbücher, Kostüme, Fotos und andere Gegenstände, die irgendeinen Bezug zu Vampiren haben, ausgestellt sind.

VAMPIRE LESTAT FANCLUB Modernere Fanclubs gibt es ebenfalls, zum Beispiel den *Vampire Lestat Fanclub*, der 1988 gegründet wurde, nachdem die ersten Bücher von Anne Rice über den Vampir Lestat erschienen waren. Der Club organisiert jedes Jahr eine Kostümgala. Er konnte inzwischen etwa 4 000 Mitglieder anlocken, die einen Mitgliedsausweis in Form eines Vampirs besitzen.

V.W.G.O.S.T.T.G.B.T.N. Der Club mit dem originellsten Namen ist zweifellos dieser: *Vampires, Werewolves, Ghosts and Other Such Things That Go Bump in the Night.* Der Name bedeutet in etwa: Vampire, Werwölfe, Geister und ähnliche Wesen, die nachts ihr Unwesen treiben.
V.W.G.O.S.T.T.G.B.T.N. ist weniger ein Fanclub als vielmehr ein Zusammenschluss aus Studenten und Wissenschaftlern. Sie untersuchen Fälle, in denen Menschen Begegnungen mit Vampiren, Werwölfen und dergleichen hatten. Allerdings ist nicht bekannt, ob jemand tatsächlich schon Vampire zu sehen bekommen hat

(aber es bestehen natürlich auch nur geringe Chancen, dass man noch einmal von jemandem hört, nachdem er einem Vampir begegnet ist, nicht wahr?).

TRANSSYLVANIAN SOCIETY OF DRACULA Auch in Rumänien gibt es selbstverständlich einen Club: die *Transsylvanian Society of Dracula*, die u.a. den ersten dreitägigen Dracula-Kongress in Rumänien organisierte. Ihr Interesse richtet sich vor allem auf den Original-Dracula, Vlad Tepes, aber sie befasst sich auch mit gewöhnlichen Vampiren. Die T.S.O.D. hat eine Niederlassung in Kanada, die unter folgender E-Mail-Anschrift zu erreichen ist: emiller@plato.ucs.mun.ca

THE WHITBY DRACULA SOCIETY Whitby heißt der Ort in England, an dem Graf Dracula in Stokers Roman als Wolf an Land springt (siehe Kapitel 10). In Whitby gibt es ebenfalls eine Dracula-Vereinigung. Vom 13. bis 15. Juni 1997 feierten die Mitglieder den hundertsten Geburtstag ihres Idols mit Musik, Filmen, einer Ballettvorstellung und einem Rundgang (in Kostümen) durch die dunkelsten Gassen der Altstadt, wobei bekannte Örtlichkeiten aus dem Buch besichtigt wurden.
In Whitby gibt es außerdem ein Dracula-Spezialgeschäft mit Namen *The Dracula Experience* (= Die Erfahrung Dracula), in dem die Clubmitglieder regelmäßig einkaufen. Dem Geschäft ist ein kleines Wachsfigurenkabinett angeschlossen, in dem man die Romanfiguren aus *Dracula* in Lebensgröße bewundern kann.

VERIRRTE VAMPIRE Neben den genannten existieren noch viele weitere Clubs, die manchmal höchst phantasievolle Namen haben wie *The Lost Vampire Society* (= Vereinigung verirrter Vam-

pire) oder *Bite Me in the Coffinclub* (= Beiß-mich-in-den-Sarg-Club).
Und in der Türkei gibt es das *Istanbuler Vampirarchiv.* Diesem kann man nicht beitreten. Klingt verdächtig, nicht wahr? Wer wohl der Gründer dieses Archivs ist? Und womit beschäftigt man sich dort?

ZEITSCHRIFTEN

Wie die meisten Menschen liest auch der Vampirliebhaber gern die Zeitung oder eine interessante Zeitschrift, um sich zum Beispiel nach einer langen Vampirfilm-Nacht und unzähligen Gläsern Tomatensaft zu entspannen.
Diesem Bedürfnis kann er ausgiebig frönen, denn es gibt eine ganze Reihe von Vampirzeitschriften. Wie auch bei den Fanclubs findet man die meisten dieser Publikationen in Amerika, dem Land, in dem der Vampir sich des wohl größten Interesses erfreut. Die Herausgeber mancher Zeitschriften haben ein todsicheres Gespür für Humor, wie man an den »appetitanregenden« Namen ihrer Blätter erkennt, bei denen dem Vampir das Wasser im Mund zusammenlaufen dürfte. Hier ein paar Beispiele: *Blood, Gore & Sharp Pointy Teeth* (= Viel Blut und lange, spitze Zähne), *For The Blood is The Life* (= Denn Blut ist Leben), *Poison Coffin* (= Giftsarg), *Good Guys Wear Fangs* (= Gute Menschen haben Fangzähne).
Oft handelt es sich bei den Vampirzeitschriften um einfach gemachte Magazine, die nur von einer kleinen Gruppe Vampirfreunde gelesen werden. Ihr Inhalt ist sehr unterschiedlich. So werden beispielsweise Geschichten und Gedichte abgedruckt, die Leser eingesandt haben, Bücher werden vorgestellt und in einigen erscheinen auch Kontaktanzeigen von Vampiren, die Gleichgesinnte

suchen, um gemütlich ein Gläschen Blut miteinander zu trinken. Offensichtlich scheinen sich auch die Vampire in Amerika manchmal einsam zu fühlen.

INTERVAMP Das größte Interesse an Vampirmagazinen besteht eindeutig in England und den USA, daher erscheint die Zeitschrift *International Vampire* (oder kurz *InterVamp*), die auch in anderen Ländern erhältlich ist, komplett in englischer Sprache. Das Blatt befasst sich ernsthaft mit Vampirforschung, sowohl in der Literatur wie auch im Volksglauben. Der Redakteur Rob Brautigam zieht bereits seit Jahren als moderner Vampirjäger durch die Welt, um in düsteren, abgelegenen Gegenden Informationen und Geschichten über Vampire aufzuspüren.

INFORMATIONSJÄGER Hiermit ist zugleich der moderne Vampirjäger charakterisiert: Er jagt nicht mehr nach Vampiren, sondern nach Informationen über Vampire. Er durchstöbert Archive und Bibliotheken oder entlockt in kleinen Balkandörfern alten Männern und Frauen nie gehörte Geschichten. Seine Jagdbeute sind Informationen über den Mythos Vampir, der aus dem Volksglauben heraus entstand und nun ein Eigenleben führt.

INTERNET Wie viele andere Vampirmagazine findet man *InterVamp* mittlerweile auch im Internet. Der Vampir geht mit der Zeit und macht sich die modernen technischen Entwicklungen zu Nutze. Auch darin bestätigt sich seine Unsterblichkeit! Die Adressen der InterVamp-Websites lauten: http://www.worldaccess.nl/-~intrvamp/main.htm und: www.xs4all.nl/~intrvamp/main.htm. Wer dem Magazin eine E-Mail schicken will, kann dies unter der Adresse intrvamp@worldaccess.nl tun.

■ QUICKLEBENDIG

Wie schon erwähnt, teilen Vampirfans ihre Begeisterung gern mit anderen und organisieren sich deshalb in Clubs. Ihr Interesse bewirkt auch, dass immer wieder neue Bücher und Filme über den Vampir erscheinen.

Nach über hundert Jahren ist Dracula noch ebenso quicklebendig wie beim Erscheinen »seines« Buches am Ende des neunzehnten Jahrhunderts. Von allein kann der Mythos nicht weiter bestehen, sondern nur dank Lesern, Kinobesuchern, Schriftstellern und Filmregisseuren. Er braucht Menschen, die das Bild des Vampirs nähren und erneuern und ihn so am Leben erhalten. Auch eine Art von Vamipirismus.

Ob Dracula unsterblich ist, wird die Zeit erweisen. Wenn es ihn in hundert Jahren noch immer gibt, schreiben wir 2097 das nächste Buch über ihn. Bis dann!

17. VAMPIRBÜCHER FÜR KINDER UND JUGENDLICHE

Für Kinder gab es in der Vergangenheit nicht allzu viele Vampirbücher. Erst seit in jüngerer Zeit mehr Gruselbücher erscheinen, taucht auch der Vampir regelmäßig in der Kinderliteratur auf. In der Liste siehst du, dass die meisten Titel in den 1990er-Jahren veröffentlicht wurden. Davor war der Vampir im Kinderbuch eine eher seltene Erscheinung.

Boge-Erli, Nortrud: ***Bianca Vampirutschi oder Die Wahrheit über Vampire.*** **Nagel & Kimche, 1989. 118 S. Ab 9.**
Katrin macht mit ihren Eltern und Brüdern Urlaub auf einem Campingplatz in Italien. Als sie gerade in einem Vampirbuch schmökert, hört sie merkwürdige Geräusche auf dem Dach des Wohnwagens – und plötzlich steht Bianca Vampirutschi vor ihr, eine Vampirin! Katrin lernt Biancas Sippe kennen und erfährt »die Wahrheit über Vampire«.

Boge-Erli, Nortrud: ***Vampirnebel.*** **Arena, 1997. 176 S. Ab 10.**
Seit Tagen schleicht ein unheimlicher Mann um das Schloss. Nach Robins erster Begegnung mit ihm ist der Fall klar: Es handelt sich um einen Vampir! Doch dann taucht Robins Schwester Anne auf und verliebt sich in den Fremden.

Brezina, Thomas: ***Grusel-Club. Der Vampirsarg.*** **Schneider, 1998. 128 S. Ab 10.**
Die Grusel-Clubber stoßen bei einem Trödler auf einen alten Vampirsarg. Was passiert wohl, wenn sich jemand in diesen Sarg legt?

Brezina, Thomas: ***Die Nacht der Weißwurst-Vampire. Die Knickerbocker-Bande.*** **HTP-Breitschopf. 144 S. Ab 9.**
Die Knickerbocker-Bande ist durch Zufall auf einen Geheimbund gestoßen, der ein schreckliches Verbrechen plant.

Funke, Cornelia: Gruselrätsel mit Vampiren. Loewe, 1997. 48 S. Ab 8.
Ein Buch mit Rätseln aller Art, bei denen es – natürlich! – um Vampire geht.

Hall, Willis: Von diesem Autor gibt es eine Serie über Graf Alucard, den letzten transsylvanischen Vampir. Der Graf ist Vegetarier und liebt Tomatensaft und Blutorangen. Weil man ihm dies nicht auf den ersten Blick ansieht, muss er ständig vor seinen Verfolgern flüchten. Die Bände im Einzelnen:

Der letzte Vampir. Dressler, 1983. 160 S. Ab 10.
Urlaubsgrüße vom Vampir. Dressler, 1992. 180 S. Ab 10.
Die Rache des Vampirs. Dressler, 1994. 204 S. Ab 10.
Weihnachtsgrüße vom Vampir. Dressler, 1995. 208 S. Ab 10.
Jagd auf den Vampir. Dressler, 1996. 208 S. Ab 10.

Hartl, Sonja (Hrsg.): Gespenster- und Vampirgeschichten. Arena-Taschenbuch, 1995. 168 S. Ab 9.

Hartl, Sonja (Hrsg.): *Im Reich des Unheimlichen – Phantastische Geschichten.* Arena-Taschenbuch, 1998. 240 S. Ab 12.
Die Großmeister phantastisch-schauriger Geschichten sind hier versammelt. Natürlich kommt auch das Thema »Vampir« nicht zu kurz.

Keulen, Mensje van: *Die Freunde des Mondes.* Twenne, 1992. 135 S. Ab 10.
Eine alte Vampirfamilie lebt in einem abgelegenen, kalten Schloss. Nachts steigen die Familienmitglieder aus ihren Särgen. Um für ihren Jüngsten – den sensiblen Landolino, der gern in Reimen spricht – Blut aufzutreiben, nimmt Mutter Luzabel eine Stelle bei einem Buchhändler an. Sie hat ein Auge auf dessen Töchterchen geworfen.

Lang, Othmar Franz: *Flattertiere wie Vampire.* Erika Klopp, 1982. 225 S. Ab 10.
Auf dem Speicher des Hauses von Goodys Familie haben sich Vampire mit sehr eigenartigen Vorlieben eingenistet.

Loon, Paul van: *Wer hat schon Angst vor Vampiren!* Arena-Taschenbuch, 1998. 64 S. Ab 8.
Riki möchte ein Buch über Vampire lesen, aber sein Bruder Tom findet, dass er dafür noch zu klein ist. Riki ärgert sich und spielt seinem Bruder einen gruseligen Streich.

Loon, Paul van: *Der Gruselbus.* Arena, 1997. 168 S. Ab 10.
»Wer Mut hat, ist willkommen«, heißt es in der Einladung zu einer Fahrt mit dem Gruselbus. Der mysteriöse Schriftsteller Onnoval verspricht zehn »wahre« Gruselgeschichten zu erzählen . . .

Loon, Paul van: *Der Gruselbus 2.* Arena, 1998. 229 S. Ab 10.
Auf einem unheimlichen Autofriedhof suchen vier Kinder in einem Schrottbus vor einem Unwetter Zuflucht. Kaum sind sie eingestiegen, verspricht ein Radiomoderator namens Onnoval zehn schockierende Gruselgeschichten zu erzählen . . .

Loon, Paul van: *Der Gruselbus 3.* Arena, 1998. 224 S. Ab 10.
Vier Kinder entdecken in einem Automuseum einen alten Bus, der sich als Computer-Hightech-Zentrale entpuppt. Mittels Cyberhelmen wagen die vier einen Ausflug in die »Andere Wirklichkeit« – hier treffen sie den untoten Schriftsteller Onnoval . . .

Loon, Paul van: *Auch Monster brauchen ein Zuhause.* Dressler, 1995. 157 S. Ab 9.
Familie Rip ist reichlich seltsam – das findet jedenfalls ihr Nachbar, Herr Knieper. Ständig sind bei ihnen die Vorhänge zu, Frau Rip macht keine Kaffeebesuche, bei Vollmond stromert immer ein großer Hund ums Haus und zu allem Überfluss findet Knieper eines seiner Hühner tot im Garten. Er will die merkwürdigen Nachbarn loswerden und denkt sich einen Plan aus.

Loon, Paul van: *Die Vampirschule.* Picus, 1997. 56 S. Ab. 9.
Der kleine Vampir Max besucht die Vampirschule. Sein Lehrer ist sehr streng, auch als es darum geht, dass die Schüler erstmals allein losfliegen und Blut saugen müssen. Ob Max diese Prüfung schaffen wird? Zunächst sieht es nicht so aus.

Loon, Paul van: *Der Vampirclub.* Arena-Taschenbuch, 1998. 64 S. Ab 8.
Hugo möchte in den Vampirclub von Alex und Ralf aufgenommen werden. Dazu muss er beweisen, dass er ein »echter« Vampir ist: Seine Prüfung besteht darin, Lotte zu erschrecken. Aber Lotte weiß, was sie zu tun hat!

Lützen, Hanna: *Vlad – Die wahre Geschichte des Grafen Dracula.* Arena-Taschenbuch, 1997. 184 S. Ab 12.
Der Graf Vladimir Dracula ist ein grausamer Herrscher. Doch erst nach seinem Tod beginnt sein »wahres«, nicht minder grausames Leben: In der Graberde wird Vladimir zum Untoten und treibt fortan sein Unwesen als Furcht erregender Vampir.

Morecambe, Eric: *Die Vampire von Gurgelbeiß.* Boje, 1983. 160 S. Ab 10.
Die heiter-gruselige Geschichte eines jungen Vampirs, der sich zum Erstaunen seiner Familie lieber von Orangen und Chips als von Blut ernährt.

Niebisch, Jackie: *Die Schule der kleinen Vampire.* Ravensburger Buchverlag, 1998. 94 S. Ab 12.

Radel, Jutta: *Vampire und Gespenster.* Arena, 1993. 64 S. Ab 8.
Witzige Geschichten, viele Anregungen zum Basteln, lustige Spiele für drinnen und draußen, praktische Tipps und tolle Gags zum Feiern bis hin zur Organisation einer echten Vampirparty.

Reen, Ton van: *Blutsbrüder.* Arena, 1997. 160 S. Ab 10.
Acht schauerliche Geschichten über Vampire.

Sommer-Bodenburg, Angela: ***Antons Buch für muntere kleine Vampire.*** **Bertelsmann OMNIBUS, 1998. 128 S. Ab 8.**
Ein Vampirbuch zum Basteln, Backen, Feiern, Rätseln und Verkleiden.

Sommer-Bodenburg, Angela: ***Anton und der kleine Vampir.*** **Bertelsmann OMNIBUS, je 128 S. Ab 8.**
Eine Serie mit 8 Bänden: Anton freundet sich mit Rüdiger an, einem richtig netten Vampir. Mit ihm und seiner Familie erlebt Anton jede Menge spannender Abenteuer.

Sommer-Bodenburg, Angela: ***Der Fluch des Vampirs.*** **Bertelsmann, 1998. 160 S. Ab 10.**
Gregor ist gar nicht davon begeistert, dass sein unheimlich anmutender Onkel aus Transsylvanien seinen Besuch angekündigt hat. Doch bald stellt sich heraus, dass Onkel Vladi nicht etwa ein Vampir ist, sondern ein Vampirjäger!

Stoker, Bram: ***Dracula.*** **(Reihe: Sehen – Staunen – Wissen: Die visuelle Bibliothek). Gerstenberg, 1998. 64 S. Ab 10.**
Bram Stokers berühmter Roman wird in diesem Buch einfühlsam nacherzählt. Zahlreiche farbige Bilder lassen die Geschichte – und auch ihren Autor und seine Lebensumstände – lebendig werden.

Uebe, Ingrid: ***Milli will Vampir werden.*** **Edition Bücherbär, 1996. 64 S. Ab 8.**
Milli hat nichts als Ärger. Wenn ich jetzt ein Vampir wäre!, denkt sie. Tante Tildchen weiß, wie man Vampir wird. Und so werden die nächsten Tage sehr aufregend für Milli.

Uebe, Ingrid: ***Leselöwen-Vampirgeschichten.*** **Loewe, 1997. 59 S. Ab 9.**
Vampirgeschichten. **Loewe 1996. 253 S. Ab 12.**
Zwei Sammelbände mit spannenden Vampirgeschichten von früher und heute.

Verleyen, Karel: ***Die Verschwörung der Vampire.*** **Loewe, 1996. 146 S. Ab 9.**
Die Zwillinge Gisi und Gert staunen nicht schlecht, als plötzlich ihr Opa Kula vor ihnen steht, den sie noch nie gesehen haben. Er nimmt sie mit auf sein Schloss, denn er hat etwas ganz Bestimmtes mit seinen Enkeln vor.

Wieland, Lorenz und Grosche, Erwin: ***Achtung, Monster!*** **Arena, 1997. 112 S. Ab 8.**
Ein Grusel-Mitmachbuch für Gruselfans jeden Alters (inklusive Vampirprüfung!).

LANGE NACH MITTERNACHT ...

Das Interesse an Vampiren ist enorm. Ich merke das an den Briefen, in denen mich Leser nach Informationen über Vampire fragen, zum Beispiel für ein Referat oder aus anderen dunklen Gründen. Nun, die Informationen stehen in diesem Buch, sodass du jetzt wirklich alles weißt. Und wenn das noch nicht reicht, kannst du die (englischsprachigen) Bücher lesen, die als Quellen genannt sind. Aber eines muss klar sein: Ab jetzt keine Briefe mehr mit Fragen nach noch mehr Wissenswertem über Vampire! Das *Vampirhandbuch* muss genügen, finde ich. Mehr gibt es einfach nicht zu erzählen.

Das Zusammenstellen des Vampirhandbuchs war eine ganz schöne Plackerei. Wenn man einmal zu suchen anfängt, scheint es, als gäbe es unendlich viele Geschichten, Legenden, Vorstellungen und Tatsachen über Vampire. Je länger wir uns damit befassten, desto dicker wurde das Buch. Wie ein Vampir, der sich mit unserer Energie voll saugte. Manchmal hatte ich große Lust einen Holzpflock durch das Manuskript zu schlagen, damit ich endlich mit einem neuen Buch anfangen könnte. Aber andererseits sollte ein Schriftsteller ebenso beharrlich sein wie ein Vampirjäger: Er muss weitermachen, bis seine Aufgabe vollendet ist. Die Waffe des Vampirjägers ist der Holzpflock, die des Schriftstellers sein Füller. Ein Schriftsteller muss hin und wieder auch mal entspannen und so nehme ich in meinen Schreibpausen regelmäßig die Gitarre zur Hand. Natürlich bin ich kein guter Gitarrist (und zum Glück der

Einzige, der meiner Musik zuhören muss), aber ich finde es einfach schön, ab und zu mal in die Saiten zu schlagen. Als ich gemeinsam mit Jack Didden dieses Buch schrieb (wie immer tief in der Nacht), bekam ich eine neue Gitarre, eine elektrische. Sie ist eine Spezialanfertigung von meinem Freund Ad, einem hervorragenden Gitarrenbauer und Gitarristen. Die Gitarre hat die Farbe von getrocknetem Blut und der Korpus ist mit einer schwarzen Fledermaus verziert. Unten am Hals ist ein Edelstahlschild angebracht, in das der Name der Gitarre eingraviert ist (eine Gitarre ist wie ein Freund, finde ich, deshalb muss sie einen Namen haben). Meine Gitarre heißt: »The Vampire«. Was für ein Zufall! Wenn ich also gerade nicht über den Vampir schrieb, dann spielte ich auf »The Vampire« und auf diese Weise entstand ein großer Teil des *Vampirhandbuchs*. Und da ich gerade beim Thema bin: Ich glaube, ich werde »The Vampire« jetzt aus seinem Kasten holen. Es ist lange nach Mitternacht . . .

Paul van Loon, 21. Juni 1997, 01:21 Uhr

QUELLEN

Belford, B.: *Bram Stoker. A Biography of The Author of Dracula.* Orion, London 1996.

Bunson, M.: *The Vampire Encyclopedia.* Crown Trade Paperbacks. New York, 1993 / *Das Buch der Vampire. Von Dracula, Untoten und anderen Fürsten der Finsternis. Ein Lexikon.* Scherz, 1997.

Calmet, D. A.: *Treatise on Vampires & Revenants.* Desert Island Books, Sussex, Großbritannien 1993.

Dresser, N.: *American Vampires.* Vintage Books. Random House, New York 1990.

Etnofoor. Jahrgang 5, Nummer 1/2. *De Verbeelding van het kwaad.* 1992.

Frayling, C.: *Nightmare, The Birth of Horror.* BBC, London 1996 / *Alpträume. Die Ursprünge des Horrors.* vgs/CVK, 1996.

Jones, S.: *The Illustrated Vampire Movie Guide.* Titan Books, London 1993.

Larousse Dierenencyclopedie. *De vampier.* Readers Digest, Amsterdam 1996.

Mascetti, M. D.: *Vampire. The Complete Guide to The World of The Undead.* Viking Studio Books, Penguin, New York 1994.

McNally, R., und Florescu, R.: *In Search of Dracula.* Robson Books, London, 1995 / *Auf Draculas Spuren.* Ullstein, 1996.

Melton, J. G.: *The Vampire Book, The Encyclopedia of The Undead.* Visible Ink Press, Detroit 1994.

Midnight Marquee Nr. 49. *All Vampire Issue.* G. J. Svehla. Baltimore 1995.

Pirie, D.: *The Vampire Cinema.* Hamlyn, London/New York 1977.
Summers, M.: *The Vampire.* Senate, London 1995.
Timpone, A. (Red.): *Fangoria Vampires.* Harper Prism, New York 1996.
Weerdenburg, P. van: *Dracula heeft eeuwig leven.* De Telegraaf, 4. Januar 1997.
Wolf, L.: *Dracula. The Connoisseur's Guide.* Broadway Books, 1997.
Wolf, L.: *The Essential Dracula.* Plume Books, New York 1993.

REGISTER

A

Aborigines 45
Adam 14
Addams Family 138
Adze 46
Afrika 46
Albanien 32
Alchimist 115, 116
Algul 45
Alien (Film) 145
Altertum (Antike) 12, 16
Amulett 32
Arges (Fluss) 84, 107, 119
Asanbosam 46
Assyrer 14
Aswang 43
Aufforderung 55, 58
Augen, rote 58, 90
Australien 45
Autogramm 153

B

Babylonien 14
Bajang 40, 41
Balkan 17, 28, 30, 62, 70, 82
Banks-Inseln 45
Baoban-sith 37
Báthory, Elisabeth 85-87, 130, 143
Báthory, Stephan 84
Begräbnis 66
Behaarung 63
Beil 76
Bhuta 39
Bibel 75
Biss 53, 61, 64, 106, 154
Blässe 57, 59, 106
Blick (des Vampirs) 63, 68
Blut 13, 14, 15, 16, 17, 18, 19, 20, 31, 32, 38, 39, 41, 42, 43, 44, 46, 47, 52, 53, 55, 57, 61, 64, 71, 83, 86, 90, 92, 110, 112, 116, 118, 119, 129, 130, 133, 145, 148, 152, 177
Blutspende 165
Borgo-Pass 107
Bowie, David 147
Brahmaparush 39
Bran (Burg) 167
Brasilien 47
Brautigam, Rob 176
Brechstange 76
Briefmarke 83, 162
Brite, Poppy Z. 118, 120
Brooks, Mel 136
Browning, Tod 127, 128
Bruxa 38
Buffon, Georges Louis Leclerc de 91
Bulgarien 33, 74, 166

C

Calmet, Augustin 11
Cape 8, 22, 24, 26, 56, 57, 90, 91, 97, 122, 128, 155, 173
Carmilla 97-103, 107, 130, 140, 142, 144
CD-ROM 161, 162
Chaney, Lon 128, 144
Chiang-shi 44

China 13, 44
Chupacabras (Ziegensauger) 167-168
Computer 74
Computerspiele 160, 161
Coppola, Francis Ford 53, 131-132, 153
Count Dracula Fanclub 173
Count Dracula Society 172
Cruise, Tom 149
Cushing, Peter 140, 142, 144

D

Danag 43
Dean, Hamilton 24, 173
Dearg-due 37, 38
Deutschland 13, 17, 36
Dhampir 28, 29, 30, 71, 72
Djadadjii 74
Doppelsauger 36
Dornensträucher 42
Drachenorden 82
Dracula (Musical) 160
Dracula (Roman) 7, 9, 56, 69, 74, 91, 97, 103-108, 110, 113, 114, 151, 162, 170, 174
Dracula Society 172
Dracula-Filme 24, 127-132, 140, 144, 158
Dracula-Kongress 8, 173
Dracula-Puppe 157
Draculin 93

E

Eckzähne 8, 18, 24, 25, 51, 54, 57, 90, 92, 106, 151, 156, 157, 160, 170
Ekimmu 14
Ellis, Bret Easton 120
England 15
Erde vom Geburtsort 52
Eretica 28, 34
Ertrinken 66
Ewers, Hanns Heinz 110

F

Fanclubs 171, 175
Farrant, David 78, 79
Feuer 69, 70, 71, 76
Filmplakate 140, 153
Filmregisseure 56, 145, 177
Fingernägel 58
Fleisch 64
Fluch 64
Frankenstein 129
Frankreich 13
Frayling, Christopher 96
Freund, Karl 128

G

Getreidekörner 77, 157
Ghana 46
Glasperlen 41, 42
Goethe, Johann Wolfgang von 23
Goldküste 46
Goldmünze 37
Graberde 72
Graf Duckula 124, 139
Graf Zahl 139, 156, 157, 170
Griechenland 13, 17, 19, 62, 65
Gruselgeschichten 65, 95, 106, 107, 172
Grusical 160

H
Halloween 152, 162
Hamburger-Restaurant 151, 158
Hamilton, George 131
Hammer (Filmgesellschaft) 75, 129, 130, 140-144, 153, 158, 173
Hammer-Fanclub 140
Handflächen, behaarte 58
Hannya 44
Hauer, Rutger 134
Helm 62
Helsing, Abraham van 12, 74, 75, 104-105, 129, 140, 141, 142, 144, 147, 161
Herzen (zwei) 62
Heston, Charlton 146
Hexen 32, 47, 71
Highgate (Friedhof) 78, 79, 171
Holzscheit 37
Homer 13
Hooper, Tobe 135
Humor 78
Hypnose 55

I
Indien 13, 38, 39
Indonesien 42
Internet 74, 176
Irland 37

J
Japan 44
Jaracacas 47
Java 43
Jones, Grace 135, 147

K
Kali 14, 15
Karibische Inseln 47
Kaschuben 63
Katze 65
Kaziklu Bey (der Pfähler) 84
Kelten 38
Ketten 76
King, Stephen 112-114
Kinski, Klaus 146
Kisolova 19
Knoblauch 18, 43, 44, 59, 69, 70, 75, 78, 106, 111, 117, 130, 166
Konstantinopel 82, 84
Kopf ab 17, 18, 30, 37, 55, 69, 71
Körperkraft 55
Krankheiten 40
Kresnik 29, 30
Kreuz 72, 116, 141
Kruzifix 70, 75, 106, 114, 117
Krvoijac 34
Kudlak 29, 30
Kukuth (Lugat) 32
Kukudhi 33

L
Lamia 13
Lampir 28
Langella, Frank 131, 146
Langsuir 41
Le Fanu, Joseph Sheridan 98, 102, 107, 142
lebende Vampire 32, 43, 46
Lebenskraft 31, 112, 147
Lee, Christopher 25, 26, 129, 130, 140, 142, 154, 173

Lestat 114-116, 149, 159
Lilith 14
Loogaroo 47, 48
Lord Byron 23
Lugat (Kukuth) 32
Lugosi, Bela 9, 24, 25, 122, 127-129, 131, 144, 146, 153, 156, 159, 162

M

Macht über Tiere 54
Madagaskar 47
Malaysia 40
Manchester, Sean 79
Mandurugo 44
Masan/Masani 39
Matheson, Richard 110-111, 119, 145, 146
Meduegna 19
Mexiko 47, 92, 167
Mittelalter 15
Mmbyu (Pacu pacti) 39
Mondlicht 70
Moroi 28, 31
Mrart 45
Munsters 138
Murnau, Friedrich Wilhelm 56, 126, 127, 128, 146
Murphy, Eddie 89, 90, 136, 149
Mythos 7, 20, 51, 79, 90, 93, 151, 164, 168, 172, 176, 177

N

Nachzehrer 17, 37
Nadasdy, Ferenc 85
Nadeln 41, 42
Naher Osten 45
Nebel 54
Nelapsi 36
Neumond 62
New Gothic Movement 159
Newburgh, William of 15
Nielsen, Leslie 136, 149
Nikolaus (Heiliger) 80
Nosferatu 31, 126, 144, 146, 159, 161

O

Obayifo 46
Ochsenknecht, Uwe 160
Odysseus 13
Oldman, Gary 132

P

Pacu pacti (Mmbyu) 39
Paole, Arnold 19, 20
Penanggalan 41, 42
Perry, Luke 134
Persien 14
Pfählen 74, 83
Pfähler 82
Pflock 17, 18, 19, 34, 55, 62, 68, 69, 71, 75, 79, 111, 113, 116, 130, 135, 157
Philippinen 43
Pijavica 30
Pikten 37
Pisacha 39, 40
Pistole 76
Plancy, Jacques Albin Simon de 15
Plogojowitz, Peter 19, 20
Polanski, Roman 133, 134

Polen 17, 35, 36
Polidori, John 23, 95
Polong 42
Pontianak 42
Portugal 38
Poster 153
Presley, Elvis 7, 8
Prest, Thomas Preskett 97
Price, Vincent 145
Punker 25, 26, 119, 133, 148

R
Rakshasa/Rakshasi 40
Raktavija 14
Ramanga 47
Reiskörner 48, 77
Rice, Anne 114-117, 120, 149, 159, 173
Rumänien 8, 17, 28, 31, 62, 82, 83, 84, 119, 162, 165, 167, 172, 174
Russland 17, 28, 34, 164, 165, 166
Rymer, James Malcolm 97

S
Säge 77
Salz 48, 63
Sarg 18, 19, 24, 30, 36, 52, 56, 61, 69, 76, 79, 115, 118, 157, 171, 172
Schatten 23, 50, 53, 65
Schattendiebstahl 66
Scherzartikel 155
Schlafwandeln 65
Schneider, Helen 160
Schottland 37
Schreck, Max 25, 126
Schriftsteller 23, 98, 112, 114, 177
Schwarze Magie 64
Schwellenangst 58
Seile 76
Selbstmord 65
Serbien 17, 28, 29, 30
Sesamstraße 139, 156
Seuchen 16, 19
siebter Sohn 63
Sighisoara 82
Silberkugel 70, 76
Simmons, Dan 118, 119, 120
Slowakei 36, 85
Snagov (Kloster) 84
Socke, linke 72
Sommer-Bodenburg, Angela 160
Sonnenlicht 42, 44, 48, 55, 56, 57, 75, 111, 116, 127, 129, 133, 141
Spiegelbild 56, 59, 61, 106, 170
Steppenwind 65
Sting 159
Stoker, Bram 7, 9, 12, 23, 24, 25, 53, 56, 74, 91, 97, 98, 103, 106, 107, 108, 111, 113 114, 126, 127, 128, 129, 130, 136, 140, 144, 149, 161, 172, 174
Strieber, Whitley 117, 147
Striga 31
Striges 13
Strigoi 17, 28, 31, 62
Südamerika 91, 93
Sundal bolong 43
sündhaftes Leben 64
Swolfs, Yvan 123

T
Tageslicht 58, 69, 130, 146

Talamaur 45
Talisman 71
Tarantino, Quentin 137
Taschenlampe 76
Taschenspiegel 59, 76, 155
Testmethoden 79, 80
Tiergestalt 29, 31, 38, 40, 41, 46, 47, 54, 90, 102
Tirgoviste 84
Tlaciques 47
Tolstoi, Alexei 35
tote Kröte 80
Transsylvanian Society of Dracula 173
Transsylvanien 62, 82, 85, 103, 107, 162, 165
Tschechien 160
Tschechoslowakei (ehem.) 17
Türken 82, 83, 84
Türkisch-walachischer Krieg 82

U
Ubour 33
Ungarn 19
ungetauft 63
unsterblich 55
untot 7, 8, 15, 19, 23, 28, 33, 43, 52, 114, 147, 153, 159, 172
Upier 17, 35
Upyr 17, 34

V
V.W.G.O.S.T.T.G.B.T.N. 173
Vambery, Arminius 107
Vampir zum Selbermachen 42
Vampirballett 160
Vampirbücher 94-120, 161, 178-184
Vampirdzhija 74
Vampire im Fernsehen 137-139
Vampire in der Werbung 151-152
Vampire Lestat Fanclub 173
Vampire Research Society 79
Vampirella 123
Vampirfans 170, 177
Vampirfilme 125-137, 140-149, 153, 161
Vampirfledermaus 88-93
Vampirforschung 19, 176
Vampirhund 165-166
Vampirjäger 52, 59, 68, 69, 72, 74, 76, 77, 78, 79, 80, 132, 145, 176
Vampirkarten 152-153
Vampirleckereien 154-156
Vampirmerkmale 51-59
Vampirmusik 158
Vampirspiel 154
Vampirspielzeug 156-157
Vampirstein 164
Vampirtourismus 84, 167
Vampirzeitschriften 171, 172, 175-176
Varcolaci 32
Varney, der Vampir 96-97
Verbrennen 74
Viesczy 35
Vlad Dracula (Vlad Tepes) 82-85, 87, 107, 119, 161, 162, 167, 174
Volkodlak 65
Volksglaube 12, 62, 157, 164, 176
Volkslegenden 8, 9, 23, 25, 56, 95, 103, 106
Vrykolakas 17, 54, 65

Vukodlak 17, 30, 65
Vurvulak 33

W
Walachei 82, 84, 107
Wasser, fließendes 55
Weihnachtstag, erster 62
Weihwasser 70, 71, 75, 76, 106, 114
weißes Pferd 80
Wenden 36
Werwolf 30, 33, 47, 54, 63, 65, 70, 166, 173
Wetter, Einfluss auf 54
Whitby 107, 174
Whitby Dracula Society 174
wilde Rosen 18, 34, 77
Wilson, Colin 111-112, 135
Wurdalak 28, 35

Z
Zähne 36, 63, 155
Ziegensauger (El Chupacabras) 167-168
Zigeuner 28
ZZTop 159

Grusel & Co
DER CLUB

»WER MUT HAT, IST WILLKOMMEN«

Möchtest du auch Mitglied bei Grusel & Co – DER CLUB werden? Du erhältst einen Mitgliedsausweis sowie eine Grusel & Co-Anstecknadel und außerdem vierteljährlich ein kostenloses Fan-Magazin mit den wichtigsten Informationen über unsere Gruselautoren und -bücher. Darin gibt es Preisrätsel und Mitmach-Aktionen. Und natürlich immer das Neuste aus der Welt der Vampire, Hexen und Monster.
Fülle einfach das Anmeldeformular aus und schicke es an folgende Adresse:

Arena Verlag
Stichwort: »Grusel & Co – DER CLUB«
Postfach 51 69
97001 Würzburg

Vielleicht hast du auch Lust uns zu schreiben, welche Bücher von Grusel & Co du schon gelesen hast und wie sie dir gefallen haben?! Bei welchen Geschichten kriegst du eine Gänsehaut? Worüber sollen unsere Gruselautoren als Nächstes schreiben?
Wir freuen uns sehr über deine Post!

Na? Hast du Mut??

. . . dann HERZLICH WILLKOMMEN!!

- -

JA, ICH HABE MUT!!

Ich möchte Mitglied bei Grusel & Co – DER CLUB werden. Bitte schickt mir meinen Mitgliedsausweis, die Grusel & Co-Anstecknadel und das *kostenlose* Fan-Magazin an die folgende Adresse:

Vor- und Nachname: ______________________________

Straße und Hausnummer: ______________________________

Postleitzahl und Ort: ______________________________

Mein Geburtstag und -jahr: ______________________________

Durch die Mitgliedschaft bei Grusel & Co – DER CLUB gehe ich *keinerlei* Verpflichtung ein. Ich kann jederzeit kündigen. Eine Mitteilung auf einer frankierten Postkarte genügt.

Datum: ______________________________

Unterschrift des Mitglieds: ______________________________

Unterschrift eines Elternteils: ______________________________